어린 왕자

어린 왕자

The Little Prince

앙투안 드 생택쥐페리 지음 | 베스트트랜스 옮김

더클래식

레옹 베르트에게

　내가 이 책을 어른에게 바친 것에 대해 어린이들에게 용서를 빈다. 여기에는 중요한 이유가 있다. 첫째, 이 세상에서 가장 좋은 친구가 바로 이 어른이기 때문이다. 둘째, 이 어른은 모든 것을 이해한다. 어린이들을 위해 쓴 책조차도. 마지막으로 이 어른은 프랑스에 살고 있는데 거기에서 굶주림과 추위에 시달리고 있다. 그래서 이 어른을 위로해야 한다.

　만일 이 모든 해명이 충분하지 않다면 나는 이 책을 어린이였던 그때 그 시절의 그에게 기꺼이 바치고 싶다. 어른들 모두 처음에는 어린이였다(그러나 대부분 어린 시절을 기억하지 못한다).

　그러므로 나는 헌사를 이렇게 고친다.

　어린이였을 때의 레옹 베르트에게

여섯 살 무렵 나는 원시림 이야기를 다룬《체험 이야기》라는 책에서 놀라운 그림 하나를 본 적이 있다. 맹수를 통째로 먹어 삼킨 보아뱀의 그림이었다.

이 그림은 그것을 옮겨 그린 것이다.

그 책에는 이렇게 쓰여 있었다.

"보아뱀은 먹이를 씹지도 않은 채 통째로 삼키고, 그것을 소화하기 위해 무려 여섯 달 동안 꼼짝없이 잠을 잔다."

나는 그 책을 읽으며 밀림 속의 신비로운 모험에 빠져들어 한참을 생각했다. 그리고 색연필로 내 생애 첫 그림을 그리기 시작했다.

나의 그림 제1호.

그것은 다음과 같다.

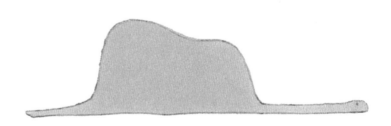

나는 내가 그린 멋진 작품을 어른들에게 보여 주며 그림이
너무 무섭지 않으냐고 물었다. 어른들은 되물었다.

"모자가 뭐가 무섭다는 거니?"

나는 모자를 그린 것이 아니었다.

그것은 코끼리를 통째로 삼키고 나서 소화하는 보아뱀의 모
습이었다. 나는 어른들이 알아볼 수 있도록 보아뱀의 배 속을
다시 그렸다.

어른들에게는 언제나 자세히 설명해 주어야 한다. 나의 그림
제2호는 바로 이랬다.

어른들은 나에게 속이 보이든, 보이지 않든 그런 보아뱀 그림 따위는 집어치우고 지리나 역사, 산수와 문법을 공부하는 게 더 나을 거라고 충고했다. 그래서 나는 여섯 살에 '멋진 화가'가 되겠다는 꿈을 포기하고 말았다. 내 그림을 이해하는 사람이 아무도 없어서 크게 실망했기 때문이다.

어른들은 혼자서 아무것도 이해하지 못한다. 언제나 모든 것을 일일이 설명해 주어야 하니 어린 나에게는 여간 성가신 일이 아니다.

결국 나는 다른 직업을 선택해 비행기 조종사가 되었다. 그리고 세계 이곳저곳 거의 안 가 본 데 없이 날아다녔다. 어른들이 말한 대로 지리 공부가 많은 도움이 되기는 했다. 나는 중국과 애리조나를 쉽게 구별할 수 있었고, 야간 비행 중에 방향을 잃었을 때도 그동안 공부한 지리 지식이 꽤 도움이 되었다.

나는 평생 수많은 성실한 사람을 만났다. 오랫동안 어른들 틈에서 살아왔기 때문에 아주 가까이서 그들을 볼 수 있었다. 그렇지만 그들에 대한 내 생각은 크게 변하지 않았다.

어쩌다 똑똑한 사람을 만나면, 나는 늘 지니고 다니던 그림 제1호를 보여 주며 시험했다. 정말로 그 사람이 뭔가를 제대로 알고 있는지 확인하고 싶어서였다. 하지만 돌아오는 답은 언제나 같았다.

"모자군요."

나는 보아뱀이나 원시림 그리고 별들에 대해 말하지 않았다. 그 사람이 이해할 수 있는 카드 게임이나 골프, 정치와 넥타이에 대해 이야기했다. 그러면 그들은 오늘 유쾌한 사람을 만났다며 매우 좋아했다.

2

여섯 해 전, 나는 사하라 사막에서 비행기 사고가 나기 전까지 마음을 나눌 만한 친구 하나 없이 외롭게 지냈다. 내가 조종하던 비행기의 엔진에 이상이 생겼는데, 정비사나 승객이 한 명도 없었기 때문에 모든 것을 나 혼자 해결해야 했다. 생사가 달린 위급한 문제가 발생한 것이다. 마실 물도 겨우 일주일치밖에 남아 있지 않았다.

그날 밤, 나는 사람이 사는 곳으로부터 수천 킬로미터 떨어진 광활한 사막 한복판에서 잠을 청해야 했다. 마치 넓은 바다 한가운데 혼자 뗏목을 타고 표류하는 듯 지독한 외로움이 느껴지는 밤이었다. 그러다 동틀 무렵, 아주 나지막한 목소리가 나를 깨웠으니 내가 얼마나 놀랐겠는가!

"양 한 마리만 그려 줘요."

"뭐라고?"

"양 한 마리만 그려 줘요."

나는 벌떡 일어나 주위를 살폈다. 한 이상하게 생긴 어린아이가 심각한 얼굴로 나를 쳐다보고 있었다.

나는 훗날 이 어린아이를 모델로 멋진 초상화를 그린다.

이 그림은 내가 아이를 그린 것 중에 제일 멋지게 표현된 것이다.

나는 훗날 이 어린아이를 모델로 멋진 초상화를 그린다.

아이의 실제 모습과 비교하면 많이 부족한 그림이지만 따지고 보면 내 잘못만은 아니다. 여섯 살 때 어른들의 말을 듣고 화가가 되겠다는 꿈을 접으면서 속이 보이는 혹은 보이지 않는 보아뱀을 그리는 것 말고는 그림 그리는 연습을 전혀 하지 않았으니 말이다.

어쨌든 나는 아이의 등장에 매우 놀라서 휘둥그레진 눈으로 어디선가 나타난 아이를 물끄러미 바라보았다. 기억하는가. 내가 있는 곳은 사람이 사는 곳으로부터 수천 킬로미터 떨어진 사막이라는 사실을. 그런데 어린아이는 지쳐 보이지도 않았고, 배고프거나 목이 마른 기색도 없었다. 전혀 길을 잃은 아이 같지 않았다. 나는 겨우 정신을 가다듬고 아이에게 말을 건넸다.

"너 여기서 뭐하는 거니?"

그러자 아이는 여전히 심각한 표정으로 작게 말했다.

"양 한 마리만 그려 줘요. 부탁이에요."

매우 신비한 상황에 놓이면 누구나 순순히 그 분위기를 따르게 마련이다. 사람이 사는 곳에서 수천 킬로미터 떨어진 사막, 생사의 갈림길에 선 나는 참으로 이상한 일을 겪고 있다는 걸 느끼면서도 주머니에서 종이 한 장과 만년필을 꺼냈다. 그러다가 이제껏 지리와 역사, 산수와 문법만을 배웠다는 사실이 떠올라 약간 언짢은 표정으로 그림을 잘 그릴 줄 모른다고 말했다. 아이가 다시 나를 재촉했다.

"괜찮아요. 양 한 마리만 그려 줘요."

나는 여태껏 양을 한 번도 그려 본 적이 없었다. 그래서 내가 그릴 수 있는 단 두 가지 그림 중에 하나를 그렸다. 속이 보이지 않는 보아뱀이었다. 아이가 그림을 보며 말했다.

"아니, 아니에요! 코끼리를 삼킨 보아뱀은 싫어요. 보아뱀은 아주 위험해요. 그리고 코끼리는 너무 커서 거추장스럽다고요. 내가 사는 곳은 아주 좁아요. 그래서 나는 양이 필요해요. 양 한 마리만 그려 줘요."

아이의 반응에 깜짝 놀란 나는 양을 그렸다. 아이는 그림을 자세히 들여다보고 나서 말했다.

"싫어요. 이 양은 병들었잖아요. 다시 그려 줘요."

나는 다시 그렸다. 그러자 아이는 싱긋 웃으며 너그러운 목소리로 말했다.

"이건 양이 아니고 염소네요. 뿔이 있잖아요."

그래서 나는 또다시 양을 그렸다. 이번에도 그림이 마음에 들지 않은 듯 아이는 이렇게 말했다.

"양이 너무 늙었어요. 난 오래 살 수 있는 양을 가지고 싶단

말이에요."

나는 서둘러 비행기 수리를 해야 했기 때문에 초조한 마음으로 대충 그림을 끼적인 후 한마디 툭 던졌다.

"이건 상자야. 네가 원하는 양은 이 안에 있어."

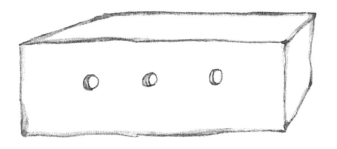

그러자 신기하게도 이 어린아이의 표정이 밝아졌다.

"내가 원한 게 바로 이거예요. 근데 양한테 풀을 많이 줘야 할까요?"

"왜 그렇게 물어?"

"내가 사는 곳은 아주 작거든요."

"거기 있는 걸로 충분할 거야. 아주 작은 양이거든."

아이는 그림을 자세히 들여다보더니 말했다.

"그렇게 작은 양도 아닌데……. 어머! 잠이 들었네……."

이렇게 나는 어린 왕자를 알게 되었다.

3

　어린 왕자가 어디에서 왔는지 알게 되기까지는 꽤 많은 시간이 걸렸다. 그는 내게 수많은 질문을 했지만 내가 묻는 말은 전혀 귀담아듣지 않는 것 같았다. 그래서 나는 가끔 어린 왕자가 하는 말을 통해 차츰 그를 알아 갔다.

　어느 날 어린 왕자가 내 비행기를 보고 물었다.

　"이 물건은 대체 뭐예요?"

　"이건 물건이 아니고 하늘을 날아다니는 비행기야. 내 비행기!"

　나는 어린 왕자에게 내가 하늘을 날아다닌다는 것을 이야기하는 게 무척 자랑스러웠다. 그런데 어린 왕자가 큰 소리로 이렇게 외치는 것이 아닌가.

　"뭐라고요? 그럼 아저씨는 하늘에서 떨어졌다는 거예요?"

　"응, 그래."

나는 조용히 대답했다.

"참 재미있다!"

어린 왕자가 까르르 웃는 바람에 나는 기분이 좀 언짢았다. 내 불행을 조금이라도 걱정해 주길 바랐기 때문이다.

"아저씨도 하늘에서 왔단 말이죠? 어느 별에서 왔어요?"

그때 문득 이 신비로운 아이가 나타난 이유를 알게 될 한 줄기 빛이 비치는 듯싶어 서둘러 물었다.

"그럼 넌 다른 별에서 왔니?"

그러나 어린 왕자는 아무 대꾸도 하지 않은 채 내 비행기를 바라보며 천천히 고개를 끄덕였다.

"이걸 타고 그리 먼 곳에서 오진 못했을 거야."

어린 왕자는 한참 깊은 생각에 잠겼다. 그러더니 주머니에서 내가 그려 준 양 그림을 꺼내 보물을 다루듯 조심스럽게 들고 들여다보았다. 언뜻 내비친 '다른 별' 이야기를 들은 나는 호기심이 발동해 좀 더 알아보려고 애썼다.

"너는 어디서 왔니? 네 집은 어디야? 내가 그려 준 양을 어디로 데려갈 거니?"

한참 생각에 잠겨 아무 말 없던 어린 왕자가 조용히 입을 열었다.

"아저씨가 그려 준 상자는 밤에 양의 집이 될 거예요. 참 잘됐어요."

"그렇지. 네가 착하게 잘 있으면 낮에 양을 맬 고삐도 그려 줄 게. 말뚝도."

"양을 매 놓는다고요? 그건 정말 이상한 생각이네요."

"하지만 그렇게 하지 않으면 아무 데나 가서 길을 잃을 수도 있는걸."

그러자 어린 왕자는 까르르 웃었다.

"가긴 어딜 간단 말이에요?"

"어디든지. 곧장 앞으로……."

나의 말에 어린 왕자는 진지한 표정을 지으며 대꾸했다.

"괜찮아요. 내가 사는 곳은 아주 작거든요."

그러고 나서 우울한 목소리로 덧붙였다.

"앞으로 곧장 가 봐야 그리 멀리 갈 수도 없 는걸요."

소행성 B612호에 있는 어린 왕자

4

나는 매우 중요한 또 하나의 사실을 알게 되었다.

어린 왕자가 사는 별은 겨우 집 한 채만 하다는 것. 이는 그리 놀라운 일은 아니었다. 사람들이 지구, 목성, 화성, 금성이라고 부르는 큰 별들 말고도 망원경으로도 보기 어려운 작은 별이 무수히 많다는 사실을 나는 잘 알고 있었기 때문이다. 천문학자들은 그런 작은 별을 발견하면 이름 대신 '소행성 3251호'라는 식으로 번호를 붙인다.

나는 어린 왕자가 '소행성 B612호'에서 왔다고 믿는다. 근거 없는 추측이 아니다. 이 행성은 1909년에 터키의 한 천문학자가 딱 한 번 망원경으로 본 적이 있다. 그때 천문학자는 '국제천문학회'에서 행성의 발견을 충분히 증명해 보였다.

그러나 그의 옷차림을 보고 아무도 그의 말을 믿지 않았다. 어른들은 항상 이런 식이다.

　그 후 터키의 한 독재자가 국민에게 유럽식으로 옷을 입으라
고 명했고, 거역하면 사형에 처할 거라고 했다. 1920년, 천문학
자는 유럽식으로 양복을 차려입고 행성의 발견을 다시 증명해
보였다. 그러자 이번에는 모두 그의 말을 믿었다. 내가 소행성
B612호에 대해 번호를 붙이며 이렇게 자세히 이야기하는 것은
모두 어른들 때문이다.

　어른들은 숫자를 무척이나 좋아한다.

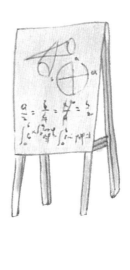

어른들에게 새로 사귄 친구에 대해 이야기하면 정작 중요한 것은 묻지 않는다.

"그 친구의 목소리는 어때? 그 친구는 무슨 놀이를 좋아하니? 나비를 채집하는 걸 좋아하니?"

이런 질문은 하지 않는다.

"그 친구는 몇 살이니? 형제는 몇 명이야? 몸무게는 얼마나 나가니? 아버지는 수입이 얼마나 되니?"

어른들은 이런 질문으로 친구가 어떤 사람인지 알 수 있다고 생각한다. 어른들에게 다음과 같이 말한다면 아마도 그 집을 상상하지 못할 것이다.

"창가에는 예쁘게 핀 제라늄 화분이 놓였고, 지붕 위로 비둘기가 날아드는 멋진 장밋빛 벽돌집을 봤어요."

차라리 이렇게 말하면 쉽게 떠올린다.

"시세 100만 프랑짜리 집을 봤어요."

그래야 비로소 어른들은 탄성을 지른다.

"정말 멋지겠구나."

이런 어른들에게 다음과 같이 어린 왕자에 대해 이야기하면 어떨까.

"아주 신비로운 아이였어요. 멋있고 잘 웃었으며 양 한 마리를 가지고 싶어 했어요. 그게 어린 왕자가 이 세상에 존재했다는 증거예요. 누군가가 양을 원한다면 그건 그 사람이 살아 있다는 거잖아요.”

이 말을 듣고 어른들은 분명히 어깨를 으쓱하며 당신을 어린 아이로 취급할 것이다.

“어린 왕자는 소행성 B612호에서 왔어요.”

하지만 이렇게 말하면 어른들은 바로 알아듣고 더는 귀찮게 질문하지 않을 것이다. 어른들은 늘 이런 식이다. 그렇다고 그들을 탓해선 안 된다. 아이들은 어른들을 너그러운 마음으로 이해해야 한다. 삶을 진정으로 이해하는 우리에게 숫자는 그리 중요하지 않다.

나는 이 이야기를 동화처럼 시작하고 싶었다.

“옛날 옛날에 자기 몸보다 조금 클까 말까 한 작은 별에 어린 왕자가 살았어요. 어린 왕자는 친구가 필요했답니다.”

이런 식으로 말이다. 그래야 삶을 진정으로 이해하는 사람들에게 이야기가 훨씬 진실하게 와 닿을 테니까. 하지만 내가 그렇게 시작하지 않은 이유는 사람들이 이 책을 가볍게 읽고 잊어 버리지 않기를 바랐기 때문이다.

나는 어린 왕자와의 추억을 꺼낼 때마다 깊은 슬픔을 느낀다. 여섯 해 전, 어린 왕자는 내가 그려 준 양과 함께 떠났다. 내가 여기에 어린 왕자를 되새기는 까닭은 그를 영원히 잊지 않기 위해서다. 친구를 잊는다는 것은 참으로 슬픈 일이다. 누구나 친구를 갖는 것은 아니다. 내가 만약 그를 잊는다면 나도 숫자로 이야기하기를 좋아하는 어른이 되어 버릴지도 모른다.

나는 그런 어른이 되지 않기 위해 그림물감과 연필을 샀다. 여섯 살 때 속이 보이는 혹은 보이지 않는 보아뱀만 그려 본 내가 나이가 들어 그림을 다시 시작하기란 쉬운 일은 아니다. 하지만 가능한 한 실물에 가까운 그의 초상화를 그리기 위해 노력할 것이다. 이런 시도가 반드시 성공하리라 생각하지 않는다. 어떤 그림은 닮고 어떤 그림은 닮지 않을 수도 있다. 어린 왕자의 키가 어느 정도였는지 정확히 기억나지 않으니 여기서는 크게 그리고 저기서는 작게 그릴 수도 있다. 어린 왕자의 옷차림을 그릴 때도 망설일 것이다. 그래서 나는 생각나는 대로 이렇게 저렇게 그릴 따름이다.

가장 중요한 부분을 잘못 그릴 수도 있지만 나를 탓하지 말았으면 한다. 내 친구 어린 왕자는 자신에 대해 한 번도 이런저런 설명을 한 적이 없었다. 아마 내가 자신과 비슷하다고 생각했던 것 같다. 하지만 불행히도 나는 상자 안의 양을 볼 줄 모른다. 나 역시 이제 나이가 들어 어른들과 비슷해지는 모양이다.

5

나는 어린 왕자가 무심코 하는 말을 듣고 그의 별과 별을 떠난 이유, 그리고 여행에 대해 알게 되었다. 그와 함께 지낸 지 사흘째 되는 날, 바오밥나무의 이야기를 들었다. 이번에도 양 덕분이었다. 갑자기 어린 왕자가 아주 걱정스러운 목소리로 내게 물었다.

"이 양이 작은 나무를 먹는다는 게 사실이에요?"

"응, 그래. 사실이야."

"와! 정말 잘됐다!"

나는 양이 작은 나무를 먹는다는 게 왜 그렇게 중요한지 이해할 수 없었다. 어린 왕자가 말을 이었다.

"그럼, 바오밥나무도 먹겠지요?"

나는 바오밥나무들은 성당만큼 큰 나무라 코끼리 떼를 데려 간다고 해도 먹어 치우지는 못할 거라고 했다. 코끼리 떼라는 말에 어린 왕자가 웃으며 말했다.

"코끼리들을 포개 놓아야겠네."

어린 왕자는 재치 있게 말하고 나서 다시 진지해졌다.

"바오밥나무도 다 자라기 전에는 아주 작았을 거예요."

"당연하지! 그런데 양이 왜 바오밥나무를 먹어야 하니?"

"아휴!"

어린 왕자는 더는 대답 없이 한숨을 내뱉었다. 그래서 나는 혼자 수수께끼를 풀기 위해 애썼다. 다른 별처럼 어린 왕자가 사는 별에도 좋은 풀과 나쁜 풀이 있었다. 따라서 좋은 씨앗과 나쁜 씨앗이 있기 마련이었다. 그러나 씨앗은 눈에 보이지 않는다. 씨앗은 땅속 깊은 곳에서 잠자고 있다가 깨고 싶으면 어느 날 갑자기 기지개를 켠 후 태양을 향해 작고 여린 새싹을 쏙 내민다. 그것이 홍당무나 장미의 새싹이면 그대로 두어도 좋다. 하지만 나쁜 풀의 새싹이라면 보이는 대로 뽑아야 한다.

어린 왕자가 사는 별에는 무서운 씨앗이 있었다. 바로 바오밥나무의 씨앗이었다. 그 별에는 그 씨앗이 가득했는데, 어찌나 빨리 자라는지 싹을 조금만 늦게 뽑아도 손을 쓸 수 없을 정도였다. 금세 별 전체를 뒤덮고, 땅속으로 뿌리가 파고들어 구멍을 내 버렸다. 그래서 아주 작은 별에 바오밥나무가 많아지면 별은 산산조각이 날 수밖에 없었다.

훗날 어린 왕자는 이렇게 말했다.

"그건 습관의 문제예요. 아침에 일어나 세수하고 나면 별도 정성껏 돌봐 주어야 해요. 바오밥나무가 아주 어릴 때는 장미와 비슷하니까 신경 써서 구별해야 하죠. 바오밥나무인지 아닌지 잘 보고 가려 뽑아야 해요. 이건 좀 귀찮은 일이지만 생각보다 무척 쉬워요."

그리고 이것을 지구별에 사는 아이들이 기억하도록 예쁘게 그려 놓으라고 충고했다.

"언젠가 아이들이 여행할 때 이 그림이 많은 도움이 될 거예요. 할 일을 뒤로 미루는 것이 괜찮을 때도 있지만 바오밥나무를 그런 식으로 관리했다간 후에 엄청난 재앙이 뒤따르거든요. 어느 별에 사는 한 게으름뱅이가 작은 바오밥나무 세 그루를 그냥 내버려두었다가 그만……."

나는 그의 말을 토대로 게으름뱅이의 별을 그렸다.

사실 나는 누군가에게 성인군자처럼 충고하는 것을 싫어한다. 하지만 바오밥나무에 대한 위험은 많이 알려지지 않은 데다 만일 소행성에서 길을 잃는다면 매우 위험하므로, 항상 겸손해야 한다는 원칙을 깨고 이렇게 외쳐야겠다.

　"아이들아, 바오밥나무를 조심해!"

바오밥나무들

예전의 나처럼 아무것도 모른 채 오랫동안 위험에 빠져 있는 친구들이 있다. 나는 그 친구들에게 위험을 알려 주기 위해 바오밥나무를 정성스레 그렸다. 이 그림으로 위험을 깨닫는다면, 그것만으로도 나는 보람을 느낄 것이다.

여러분은 어쩌면 "이 책의 다른 그림들은 왜 바오밥나무처럼 멋지고 아름답지 않나요?"라고 물을 수도 있다. 답은 아주 간단하다. 나는 다른 그림들도 멋지게 그리려고 노력했지만 잘되지 않았다. 하지만 바오밥나무는 위험을 알려야 한다는 간절한 마음 때문에 더욱 정성스럽게 그릴 수 있었다.

6

아, 어린 왕자야! 너의 소박하고 쓸쓸한 삶을 조금 알게 되었어. 네 마음을 평온하게 달래 주는 것은 해 질 무렵의 아름다운 풍경밖에 없었다는 걸 말이야.

나흘째 되는 날 아침, 네가 한 말을 듣고 나는 그 사실을 알게 됐어.

"난 해 질 무렵이 좋아요. 우리 해 지는 걸 보러 가요."

"아직 좀 더 기다려야지."

"기다리다니? 뭘요?"

"해가 지길 기다려야지."

처음에 어린 왕자 너는 놀란 표정을 짓더니 이내 자신이 한 말이 우스웠는지 이렇게 말했어.

"지금도 나는 내 별에 있는 기분이에요."

맞아. 미국이 정오일 때 프랑스는 해가 져. 프랑스로 금세 날

아갈 수 있다면 해가 지는 광경을 볼 수 있을 거야. 하지만 프랑스는 너무 멀어.

그러나 너의 작은 별에서는 의자를 조금 끌어당겨 앉으면 되지. 그렇게 하면 언제든지 보고 싶은 석양을 바라볼 수 있었어.

"어느 날에는 해 지는 모습을 마흔네 번이나 보았어요."

잠시 후 너는 말을 이었다.

"아저씨도 알 거예요. 누구나 몹시 슬픈 날에는 해 지는 모습을 보고 싶어 한다는걸요."

"마흔네 번이나 볼 만큼 슬펐었니?"

어린 왕자, 너는 아무 말도 하지 않았다.

7

    닷새째 되는 날, 역시 양 덕분에 어린 왕자의 비밀 이야기를 또 하나 들을 수 있었다.

    혼자 오랫동안 생각하던 어린 왕자가 불쑥 물었다.

    "양은 작은 나무를 먹으니까 꽃도 먹겠지요?"

    "양은 무엇이든 닥치는 대로 먹지."

    "가시가 있는 꽃도 먹을까요?"

    "물론이지."

    "그럼 꽃에 가시는 왜 있는 거죠?"

    그때 나는 볼트가 꽉 조여 있는 비행기 엔진을 손보느라 정신이 없었다. 비행기 고장이 생각보다 심각한 데다가 마실 물도 얼마 남지 않아 몹시 불안했다.

    "가시는 왜 있는 거냐고요?"

    어린 왕자는 한 번 질문하면 끝까지 대답을 듣길 원했다. 나는 볼트 때문에 신경이 곤두서서 아무렇게나 대답했다.

"가시는 아무 필요가 없어. 괜히 꽃들이 심술을 부리는 거지."

"그래요?"

잠시 아무 말 없이 가만히 있던 어린 왕자는 원망스러운 듯 퉁명하게 말했다.

"아저씨는 엉터리예요. 꽃들은 연약하고 순수해요. 나름대로 자신을 지키는 거라고요. 가시가 있으면 무섭게 보인다고 생각하는 거예요."

나는 대꾸하지 않았다.

'이 볼트가 끝까지 빠지지 않으면 망치로 쳐서라도 빼야겠다' 하고 생각한 찰나인데 어린 왕자가 또 방해했다.

"아저씨는 꽃들이 그렇다고 생각하는 거예요?"

"그만하자! 이제 그만! 나도 몰라! 그냥 아무렇게나 대답한 거야. 지금 중요한 일을 하고 있잖니."

어린 왕자는 놀란 표정으로 나를 보았다.

"중요한 일?"

기계기름으로 범벅된 한 손에 망치를 들고, 비행기 위에 엎드린 내 모습을 바라보며 어린 왕자가 웅얼거리듯 말했다.

"아저씨도 어른들처럼 말하는군요."

나는 조금 부끄러운 생각이 들었다. 어린 왕자는 계속 말을 이었다.

"아저씨는 모든 것을 혼동하고 있어요. 다 뒤섞였다고요."

어린 왕자는 매우 화가 나 있었다. 그의 황금빛 머리카락이 바람에 흩날렸다.

"내가 아는 어느 별에 아주 새빨간 얼굴을 한 남자가 살았어요. 단 한 번도 꽃향기를 맡아 보거나, 별을 바라보거나, 누구도 사랑해 본 적 없는 그런 남자였죠.

그는 온종일 계산만 하면서 아저씨처럼 '나는 중요한 일을 하고 있어. 중요한 일을 하고 있다고!' 하고 말했어요. 교만으로 가득 찬 그는 사람이 아니라 버섯이에요."

"뭐야?"

"버섯이었다고요!"

어린 왕자는 얼마나 화가 났는지 얼굴이 창백했다.

"수백만 년 전부터 꽃들은 가시를 만들어 왔어요. 양들도 수백만 년 전부터 꽃들을 먹어왔고요. 그런데도 꽃들이 왜 그리 힘들게 가시를 만들어 왔는지 아는 게 중요하지 않다고요? 양들과 꽃들의 싸움이 어째서 중요하지 않죠? 얼굴이 새빨간 남자가 계산하는 일보다 중요하지 않다는 거예요?

이 세상 어디에도 없을 오직 내 별에만 있는 꽃 한 송이를 내가 알고 있는데, 그 꽃을 어느 날 아침에 양이 무심코 먹어 버릴지도 모르는데, 그런 건 중요하지 않다는 거냐고요!"

어린 왕자는 얼굴이 붉으락푸르락하더니 말을 이었다.

"오직 하나뿐인 꽃을 사랑하는 사람은 수백만 개의 별을 바라보는 것만으로도 행복할 거예요. 그는 마음속으로 '내가 사랑하는 꽃이 저 별 어딘가에 있겠지……'라고 생각할 테니까요.

하지만 불행하게도 양이 그 꽃을 먹어 버린다면 그에게는 세상의 모든 별이 빛을 잃어버린 기분일 거라고요! 그런데도 그게 중요하지 않다는 건가요?"

어린 왕자는 말을 더 잇지 못하더니 흐느껴 울기 시작했다.

어느새 밤이 깊었다. 나는 조용히 연장을 내려놓았다. 망치와 볼트, 갈증과 죽음이 모두 부질없이 느껴졌다. 어느 행성에서 왔는지 모르겠지만, 내가 사는 이 지구를 찾아온 어린 왕자는 위로가 필요했다. 나는 두 팔로 어린 왕자를 보듬어 안았다.

"네가 사랑하는 꽃은 이제 위험하지 않아. 네 양에게 입마개를 씌워 줄게. 그리고 꽃에게 보호망을 입히고……."

더는 아무 말도 할 수 없었다. 나 자신이 매우 미숙한 존재로 느껴졌다. 어떻게 해야 어린 왕자의 마음에 다가가고 그에게 감동을 주며, 그와 한마음이 될 수 있을지 알 수 없었다.

눈물의 나라는 참으로 신비로운 곳 같았다.

8

나는 얼마 지나지 않아 그 꽃에 대해 더 많은 것을 알게 되었다. 오래전부터 어린 왕자의 별에는 꽃잎이 한 겹인 아주 소박한 꽃들이 있었다. 꽃들은 자리를 많이 차지하지 않았고, 누구도 그들을 방해하지 않았다. 꽃들은 아침이면 풀 속에서 모습을 드러냈다가 저녁이면 조용히 사라졌다.

그러던 어느 날, 어디선가 알 수 없는 씨앗 하나가 날아와 싹을 틔웠다. 어린 왕자는 다른 잎과 달라 보이는 그 싹을 유심히 지켜보았다. 새로운 바오밥나무의 일종일지 몰라서였다.

그런데 씨앗은 싹을 틔우고 곧 작은 나무가 되다가 성장을 멈추고 꽃봉오리를 맺기 시작했다. 커다란 꽃망울을 지켜보던 어린 왕자는 뭔가 기적이 일어날 것이라고 기대했다. 그러나 꽃은 오랫동안 초록색 꽃방에 숨어 아름다워질 준비를 했다.

꽃은 정성스럽게 빛깔을 고르고 꽃잎을 하나둘 다듬어 천천히 옷을 입었다. 그 꽃은 개양귀비처럼 구겨진 모습으로 피어나고 싶지 않은 모양이었다. 가장 아름다운 모습으로 피어나고 싶은 듯했다. 신비로운 몸단장을 며칠 동안 계속하던 꽃은 어느 날 아침 해가 뜰 무렵 모습을 드러냈다. 아! 정말 우아한 꽃이었다.

꽃이 하품하며 말했다.

"아! 이제야 잠이 깼네. 미안해요. 머리가 다 헝클어졌네."

꽃을 보고 감탄한 어린 왕자가 말했다.

"정말 아름다워요!"

꽃이 달콤한 목소리로 대답했다.

"그렇죠? 나는 해와 함께 태어났어요."

어린 왕자는 꽃이 겸손하지 않다고 생각했다. 하지만 이렇게 마음을 설레게 하는 꽃이 또 있을까.

"이제 아침 식사 시간인 것 같은데 제 식사 좀 챙겨 주시겠어요?"

꽃이 말했을 때, 어린 왕자는 당황했지만, 재빨리 신선한 물을 물뿌리개에 담아 뿌려 주었다. 이렇게 꽃은 심술궂은 허영심과 까다로운 성품

으로 어린 왕자를 괴롭혔다. 어느 날은
자신이 가진 네 개의 가시를 보이며 어
린 왕자에게 말했다.

"호랑이들이 발톱을 세우고 달려
들지도 모르잖아요."

어린 왕자는 말했다.

"우리 별에는 호랑이가 없어
요. 그리고 호랑이는 풀을 먹지
않아요!"

"난 풀이 아니에요!"

"아, 미안해요."

"난 호랑이는 하나도 무섭지 않아요. 하지만 바람은 무서워
요. 바람막이를 가져다주겠어요?"

어린 왕자는 생각했다.

'바람이 무섭다니……. 식물인데 참 불행한 일이군. 이 꽃은
너무 까다로운 것 같아.'

"저녁에는 제게 유리 덮개를 씌워 주
세요. 당신이 사는 이 별은 너무 추
워요. 환경도 그리 좋지 않고요.
내가 전에 살던 곳은……."

꽃은 더 말을 잇지 못했다. 꽃

은 제일 처음에 씨앗으로 이곳에 자리잡았기 때문에 다른 세상에 대해 알 리가 없었다. 거짓말을 하려다가 들통 나 부끄러워진 꽃은 어린 왕자를 탓하며 두세 번 헛기침을 했다.

"바람막이를 해 달라고 했잖아요!"

"찾아보려 했는데 당신이 계속 말을 하고 있어서……."

그러자 꽃은 일부러 더 심하게 기침을 했다.

어린 왕자는 착한 마음으로 꽃을 사랑했지만, 조금씩 의심하기 시작했다. 꽃이 무심코 하는 말을 어린 왕자는 심각하게 받아들여 마음에 상처를 받았다.

어느 날, 어린 왕자는 내게 이렇게 고백했다.

"그 꽃이 하는 말을 귀담아듣지 말았어야 했어요. 꽃이 뭐라고 하든지 신경 쓰지 말고 그냥 바라보고 향기만 맡으면 되는 거였어요. 그 꽃은 내 별을 향긋한 향기로 가득 채웠지만, 나는 그 향기를 즐기지 못했어요. 가시 이야기는 듣기 싫었지만 측은한 마음으로 들어야 했어요……."

어린 왕자는 이어서 말했다.

"그때는 아무것도 이해하지 못했어요. 꽃의 말이 아닌 행동을 보고 판단했어야 했는데……. 그 꽃은 나에게 향기를 주고 마음을 환하게 해 주었어요. 떠나지 말았어야 했는데……. 단순한 거짓말 뒤에 숨긴 연약한 마음을 알았어야 했어요. 꽃이 얼마나 모순된 존재인지……. 그때 난 너무 어려서 꽃을 진정으로 사랑하지 못했어요."

9

　나는 어린 왕자가 이동하는 철새들의 무리에 섞여 자신의 별을 떠나왔다고 생각한다.

　별을 떠나는 날 아침, 어린 왕자는 별을 정성껏 정리했다. 특히 활화산을 깨끗이 청소했다. 어린 왕자의 별에는 불을 뿜는 두 개의 활화산이 있었다. 그것은 아침밥을 따뜻이 데울 때 아주 편리했다. 불이 꺼진 휴화산도 하나 있었다. 어린 왕자는 어찌 될지 알 수 없어서 그것도 깨끗이 청소해 두었다.

　화산은 청소만 잘해 주면 폭발하지 않고 규칙적으로 부드럽게 불을 내뿜는다. 화산 폭발은 마치 굴뚝에 솟아오르는 불꽃과 같다. 물론 지구 위에 사는 우리는 화산보다 훨씬 작아서 그것을 청소할 수 없다. 그래서 우리는 종종 화산 폭발로 곤란한 일을 겪곤 한다.

　어린 왕자는 울적한 기분으로 별에서 자라고 있는 바오밥나

어린 왕자는 별을 정성껏 청소했다.

무의 마지막 남은 싹들도 모조리 뽑아냈다. 그는 다시 돌아오지 못할 거라고 생각했다. 그래서 평소에 늘 하던 일이 그날 아침에는 유난히 친근하게 느껴지고 애착이 갔다. 마지막으로 꽃에 물을 주고 유리 덮개를 씌우려는 순간 그는 눈물이 날 것 같았다.

"잘 있어요."

어린 왕자는 꽃에게 작별 인사를 했다. 꽃은 아무 대답도 하지 않았다. 어린 왕자가 다시 인사했다.

"안녕! 잘 있어요."

꽃은 기침을 했다. 그것은 감기 때문이 아니었다. 마침내 꽃은 조용히 말했다.

"내가 그동안 어리석었어요. 용서하세요. 그리고 행복하길 바랄게요."

어린 왕자는 꽃이 비난 섞인 어투로 말하지 않아서 깜짝 놀랐다. 그래서 유리 덮개를 손에 든 채 그대로 멍하니 서 있었다. 갑자기 다소곳하고 다정한 모습으로 말하는 꽃을 이해할 수 없었다.

"나는 당신이 좋아요. 당신은 몰랐을 거예요. 이 모든 게 다 내 잘못이에요. 이젠 소용없겠지만……. 하지만 당신 또한 나만큼 어리석었어요. 부디 행복하길 바라요. 유리 덮개는 치워도 돼요. 이제 필요 없어요."

"바람이 불면……."

"내 감기는 그리 심하지 않아요. 서늘한 밤공기를 맞으면 오히려 좋을 거예요. 난 꽃이니까."

"하지만 짐승들이 오면……."

"나비를 만나기 위해서는 벌레 두어 마리가 와도 참아야지요. 나비는 매우 아름답다면서요. 나비가 아니면 누가 날 찾아오겠어요? 당신은 이제 멀리 떠나잖아요. 짐승들이 와도 걱정하지 않아요. 난 가시를 가지고 있으니까요."

그렇게 말하며 꽃은 천진난만하게 네 개의 가시를 보여 주었다. 그리고 이어 말했다.

"계속 그렇게 우물쭈물 서 있을 거예요? 성가셔요. 떠날 거면

빨리 떠나요."

꽃은 어린 왕자에게 우는 모습을 보이고 싶지 않았던 것이다.
그만큼 자존심이 강한 꽃이었다.

10

어린 왕자의 별과 가까운 곳에 소행성 325호, 326호, 327호, 328호, 329호, 330호가 있었다. 어린 왕자는 할 일도 찾고 견문도 넓힐 겸 그 별들을 둘러보기로 했다.

첫 번째 별에는 왕이 살았다. 왕은 자줏빛 천에 흰 담비 모피가 달린 옷을 입고, 매우 소박하지만, 위엄 있어 보이는 옥좌에 앉아 있었다. 왕은 어린 왕자를 보고 큰 목소리로 외쳤다.

"아! 신하로구나!"

어린 왕자는 의아하게 생각했다.

'나를 한 번도 본 적이 없을 텐데, 어떻게 날 알아보는 거지?'

왕이 무척 단순하게 생각한다는 것을 어린 왕자는 몰랐던 것이다. 왕에게는 누구나 다 신하였다. 마침내 왕 노릇을 하게 되어 기분이 우쭐해진 왕이 말했다.

"너를 좀 더 자세히 보고 싶으니 가까이 오라!"

어린 왕자는 앉을 자리를 찾아 주위를 둘러보았으나, 별 전체가 흰 담비 모피가 달린 망토로 뒤덮여 있었다. 어린 왕자는 그 자리에 서 있다가 피곤해서 하품을 했다.

"짐 앞에서 하품을 하다니 무례하도다. 하품을 금하노라!"

어린 왕자가 안절부절못하며 대답했다.

"하품을 참을 수가 없어요. 여행하느라 잠을 제대로 자지 못했거든요."

"그러면 하품을 하도록 명하노라! 누군가가 하품하는 모습을 본 지도 여러 해가 되었도다. 하품하는 모습도 재미있는 구경거리구나. 어서 나의 명령을 따르라!"

어린 왕자가 얼굴을 붉히며 말했다.

"그렇게 말씀하시니까 겁이 나서…… 오히려 하품이 더 안 나오는데요."

"어허! 그러면 다시 명하노라! 어떤 때는 하품을 하고 또 어떤 때는……."

왕은 빠른 말로 얼버무렸으나 기분이 상한 것 같았다. 왜냐하면 그 왕은 자신의 권위가 존중되기를 바랐던 것이다. 불복종은 용서할 수 없었다. 그는 절대 군주였기 때문이다. 하지만 왕은 매우 선한 사람이었으므로 도리에 어긋나는 명령은 내리지 않았다. 왕은 평상시에 늘 이렇게 말하곤 했다.

"짐이 만일 한 장군에게 물새로 변하라고 명령을 내렸는데 장군이 내 명령을 따르지 않았다면, 그것은 장군의 잘못이 아니라 바로 짐의 잘못이다."

어린 왕자가 조심스럽게 물었다.

"여기 좀 앉아도 될까요?"

왕은 흰 담비 모피가 달린 망토를 위엄 있게 걷어 올리며 대답했다.

"그대에게 앉기를 명하노라!"

어린 왕자는 갑자기 궁금해졌다. 이 작은 별에서 도대체 무엇을 다스리고 있는 것일까?

"폐하, 한 가지 여쭤봐도 될까요?"

어린 왕자가 묻자 왕이 재빨리 대답했다.

"그대에게 질문을 허락하노라!"

"폐하, 폐하는 무엇을 다스리고 계십니까?"

왕은 아주 간단하다는 듯 대답했다.

"모든 것!"

"모든 것이요?"

왕은 근엄하게 자신의 별과 다른 별, 그리고 떠돌이별들을 가리켰다. 어린 왕자가 다시 물었다.

"저 모든 별을요?"

"그래, 저 모든 것을 다스리노라."

왕이 대답했다. 그 왕은 절대 군주면서 온 우주를 다스리는 군주이기도 한 것이다.

"그럼 저 모든 별도 폐하의 명령을 따르나요?"

"물론이지. 모두가 짐의 명령을 따르지. 짐은 명령을 거역하는 것을 절대 용서하지 않는다."

어린 왕자는 왕의 막강한 권력에 감탄했다. 자신에게 그런 권력이 있다면 의자를 끌어당기지 않고도 해가 지는 모습을 하루에 마흔네 번뿐만 아니라 일흔두 번, 아니 백 번, 이백 번이라도 볼 수 있을 텐데! 그러자 문득 자신의 작은 별이 떠올라 조금 슬퍼진 어린 왕자는 왕에게 용기를 내어 부탁했다.

"폐하, 해가 지는 모습이 보고 싶습니다. 부탁이에요. 해가 지도록 명령해 주세요."

"만일 내가 어느 장군에게 나비처럼 이 꽃에서 저 꽃으로 날아다니라고 하거나, 비극 한 편을 쓰라거나, 물새로 변하라고 명령했는데 그 장군이 내 명령을 따르지 않는다면 그것은 그의 잘못이겠느냐? 나의 잘못이겠느냐?"

어린 왕자는 자신 있게 대답했다.

"폐하의 잘못입니다!"

"그렇지. 분명히 그가 할 수 있는 것을 요구해야 하니라. 권위는 사리에 맞았을 때 주어지는 것이다. 만일 네가 너의 백성에게 바다에 뛰어들라고 명령한다면 반란이 일어날 것이다. 내가 복종을 요구할 권리를 갖게 된 것은 내 명령이 이치에 어긋나지 않기 때문이다."

한 번 질문한 것은 포기하지 않는 어린 왕자가 다시 물었다.

"그러면 해가 지는 모습을 보고 싶은 저의 부탁은 어떻게 되는 거지요?"

"네게 해 지는 것을 보여 주도록 하지. 명령은 내리겠지만, 조건이 갖춰질 때까지 기다려야 한다."

어린 왕자가 물었다.

"그때가 언제예요?"

왕이 커다란 달력을 잠시 살피더니 대답했다.

"음, 오늘 저녁 7시 40분쯤 되겠구나. 그때가 되면 내 명령을 따르는 것을 지켜보게 될 것이다."

어린 왕자는 하품을 했다. 당장 해가 지는 모습을 볼 수 없어서 아쉬웠다. 어느새 조금 따분해진 어린 왕자가 왕에게 말했다.

"저는 여기서 더 할 일이 없으니 그만 떠날게요."

신하를 두게 되어 기뻤던 왕이 말했다.

"떠나지 마라. 떠나지 마. 내가 너를 대신으로 삼겠노라."

"어떤 대신이요?"

"음, 법무 대신 어떠냐?"

"하지만 여기선 재판받을 사람이 없잖아요?"

"그야 모르는 일이지. 나는 아직 왕국을 다 돌아보지 않았다. 너무 나이가 든 데다 수레를 탄 후 둘 곳도 없고, 걸어 다니자니 몹시 피곤하구나."

"아! 전 이미 다 돌아보았습니다."

이렇게 말하며 어린 왕자는 별의 반대편을 슬쩍 둘러보았다.

"저쪽에도 아무도 없는걸요."

"그럼 너 자신을 심판해 보아라. 몹시 어려운 일이지. 다른 사람을 심판하는 것보다 자신을 심판하는 것이 훨씬 어려운 법이니라. 너 자신을 심판할 수 있다면, 넌 정말 지혜로운 사람일 것이다."

왕이 말하자 어린 왕자가 대답했다.

"저 자신을 심판하는 일이라면 언제 어디서든 할 수 있어요. 꼭 여기에 살면서 할 필요는 없을 것 같아요."

"흠! 흠! 이 별 어딘가에 늙은 쥐 한 마리가 사는 것 같구나. 밤마다 긁는 소리가 들리거든. 그 쥐를 심판하면 되겠구나. 때때로 쥐에게 사형을 선고하라. 그러면 그 쥐의 생명은 네 판결에 달린 셈이 되지 않겠니. 하지만 쥐를 오랫동안 심판하려면 매번 특사로 형을 감해 주어야 한다. 한 마리밖에 없으니 말이다."

"저는 사형 선고는 내리고 싶지 않아요. 이제 그만 떠나야겠어요."

"떠나지 마라."

어린 왕자는 이미 떠날 준비를 마쳤지만 늙은 왕의 마음을 아프게 하고 싶지 않았다.

"폐하의 말을 따르게 하고 싶으시다면 제게 이치에 맞는 명령을 내려 주세요. 1분 안에 떠나라는 명령 같은 것 말이에요. 이제 그때가 된 것 같아요."

왕이 아무 대답도 하지 않자 어린 왕자는 잠시 머뭇거리다가 크게 한숨을 내쉬고는 길을 나섰다. 왕이 황급히 외쳤다.

"너를 대사로 임명하노라!"

왕은 위엄에 가득 찬 표정을 짓고 있었다. 어린 왕자는 여행을 떠나면서 마음속으로 생각했다.

'어른들은 참 이상해.'

11

두 번째 별에는 허영심이 유난히 심한 사람이 살았다.

"오, 저기 봐! 아! 나를 찬양하는 사람이 오는군!"

어린 왕자가 걸어오는 것을 보고 허영쟁이가 소리쳤다. 허영쟁이는 모든 사람이 자신을 찬양한다고 생각했다.

"안녕하세요? 아저씨는 이상한 모자를 쓰고 있네요."

어린 왕자가 말했다.

"사람들이 내게 환호와 박수를 보내면 답례하려고 썼어. 그런데 안타깝게도 이 길을 지나는 사람이 아무도 없구나."

"네? 뭐라고요?"

어린 왕자는 허영쟁이의 말을 이해할 수 없었다. 허영쟁이가 요청했다.

"두 손을 마주쳐 봐!"

어린 왕자는 두 손을 마주쳤다. 그러자 허영쟁이가 모자를 벗어 들며 점잖게 인사했다.

"왕을 만났을 때보다 더 재미있는걸."

어린 왕자는 마음속으로 생각했다. 그리고 다시 손뼉을 쳤다. 허영쟁이가 다시 모자를 벗어 들고 인사했다. 신이 난 어린 왕자는 여러 번 반복해서 손뼉을 쳤다. 그런데 5분쯤 지나니까 놀이가 너무 단조로워서 슬슬 지루했다. 그래서 허영쟁이에게 물었다.

"모자를 바닥에 떨어뜨리게 하려면 어떻게 해야 하죠?"

허영쟁이는 어린 왕자의 말이 들리지 않은 듯했다. 오직 찬양하는 말만 들리는 모양이었다. 이번에는 허영쟁이가 어린 왕자에게 물었다.

"넌 나를 진심으로 찬양하는 거지?"

"찬양이 뭐죠?"

"음, 찬양이란 내가 이 별에서 가장 잘생겼고, 옷을 잘 입으며, 부자고, 똑똑하다는 것을 인정하는 거지."

"하지만 이 별에는 아저씨 혼자뿐인걸요!"

"날 기쁘게 해 줘. 나를 찬양해 달라고!"

"아저씨를 찬양해요. 하지만 이런 게 무슨 소용이에요?"

어린 왕자는 어깨를 으쓱하며 이렇게 말하고 발길을 돌렸다. 다시 여행을 떠나면서 어린 왕자는 또다시 속으로 생각했다.

'어른들은 아무래도 이상하단 말이야.'

12

세 번째 별에는 술꾼이 살았다. 짧은 만남 동안, 술꾼은 어린 왕자를 몹시 우울하게 만들었다. 어린 왕자는 한 무더기의 빈 병과 술이 가득 찬 병을 앞에 두고 아무 말 없이 앉아 있는 술꾼에게 물었다.

"아저씨! 지금 뭘 하고 계신 거죠?"

몹시 우울한 표정으로 술꾼이 답변했다.

"술을 마시고 있잖니."

어린 왕자가 물었다.

"왜 술을 마셔요?"

술꾼이 대답했다.

"잊기 위해서란다."

어린 왕자는 왠지 술꾼이 측은하게 느껴졌다.

"뭘 잊고 싶은데요?"

술꾼이 머리를 숙이며 대답했다.

"부끄러움을 잊고 싶단다."

그를 돕고 싶은 마음에 어린 왕자는 계속 캐물었다.

"뭐가 부끄러운데요?"

"술을 마시는 게 부끄럽구나."

이렇게 말하고 술꾼은 긴 침묵에 잠겼다.

어린 왕자는 어리둥절했다. 난처해진 그는 조용히 그 별을 떠났다.

'어른들은 아무리 생각해도 너무 이상해.'

어린 왕자는 마음속으로 생각하며 다시 여행을 떠났다.

13

네 번째 별에는 장사꾼이 살았다. 장사꾼은 어린 왕자가 왔는데도 고개조차 들지 않을 만큼 바빴다. 어린 왕자가 다가가 먼저 인사를 건넸다.

"안녕하세요! 담뱃불이 꺼졌네요."

"3 더하기 2는 5, 5 더하기 7은 12, 12 더하기 3은 15, 안녕! 15 더하기 7은 22, 22 더하기 6은 28, 후우, 담뱃불을 붙일 시간도 없군.

26 더하기 5는 31. 그러면 다해서 5억 162만 2,731이군."

"5억이라니 뭐가요?"

"아니, 너 아직 거기 있었니? 5억 162만…… 음…… 얼마였더라. 할 일이 너무 많아. 나는 성실한 사람이야. 너와 이야기 나눌 시간이 없어. 2에 5를 더하면 7……."

한 번 물은 것은 꼭 대답을 들어야 하는 어린 왕자가 장사꾼

에게 다시 물었다.

"뭐가 5억이라는 거죠?"

장사꾼은 그제야 얼굴을 들고 말했다.

"나는 이 별에서 54년을 살았어. 그동안 내 일을 방해받은 적이 딱 세 번 있었지. 첫 번째는 22년 전 어디선가 날아든 풍뎅이가 요란한 소리로 방해해서 계산이 네 번이나 틀린 거야. 두 번째는 11년 전이었는데 운동이 부족한 탓이었는지 갑자기 류

머티즘에 걸렸어. 산책할 시간조차 없었거든. 그리고 세 번째는
바로 지금이야. 내가 얼마라고 했었지? 5억 162만……."

"그러니까 뭐가 5억이냐고요?"

장사꾼은 더는 일에 집중할 수 없다고 생각했는지 어린 왕자
의 물음에 대답했다.

"저기 하늘에 보이는 작은 것들 말이야."

"파리 말이에요?"

"아니! 반짝반짝 빛나는 것들 말이야."

"꿀벌이요?"

"아니, 아니야! 게으름뱅이들을 공상에 빠지게 하는 금빛의
작은 것들 말이다. 하지만 나는 중요한 일을 해야 하므로 공상
에 빠질 시간도 없어."

"아하! 별 말이군요."

"그래. 별들 말이야."

"5억 개의 별들로 뭘 하는데요?"

"5억 162만 2,731개란다. 나는 아주 정확하지."

"그러니까 그 별들로 뭘 하는데요?"

"뭘 하느냐고?"

"네."

"그냥 소유하고 있을 뿐 아무것도 하지 않아."

"네? 별들을 소유한다고요?"

"그렇지."

"하지만 지난번에 제가 만났던 왕은……."

"왕은 아무것도 소유하지 않는단다. 다스릴 뿐이지. 전혀 다른 거지.”

“그럼, 별들을 소유한다는 건 어떤 거예요?”

“부자가 되는 거지.”

“부자가 되면 좋은 건가요?”

“누군가가 별을 발견하면 그것을 살 수 있단다.”

‘이 아저씨도 술꾼처럼 말하고 있군.’

어린 왕자는 마음속으로 중얼거리다가 질문을 계속했다.

“그런데 별들을 어떻게 소유할 수 있죠?”

장사꾼은 얼굴을 잔뜩 찌푸리더니 꾸짖듯 어린 왕자를 다그쳤다.

“별들은 누구 것이지?”

“잘 모르지만, 그 누구의 것도 아닌 것 같아요.”

“그래, 그러니까 내 것이지. 내가 제일 먼저 별을 소유할 생각을 했으니까.”

“그렇게 생각하면 별들은 아저씨 것이 되는 거예요?”

“물론이지. 네가 만약 주인이 없는 다이아몬드를 발견했다면 그 다이아몬드는 바로 네 것이 되는 거야. 또 주인 없는 섬을 발견했다면 그 섬 또한 네 것이 되고. 어떤 좋은 아이디어를 네가 제일 먼저 생각해 냈다면 그 아이디어로 특허를 받을 수 있단다. 그건 바로 네 것이란 뜻이지. 그래서 별들을 제일 먼저 소유할 생각을 한 내가 별들을 소유하는 것이란다.”

"그렇군요. 그럼, 아저씨는 그 별들로 뭘 할 거예요?"

"별들을 관리하기 위해 별을 세 보고 또 세 봐. 아주 힘든 일이지. 하지만 나는 성실한 사람이거든."

어린 왕자는 도무지 이해가 되지 않았다.

"머플러가 있으면 목에 두르고 다닐 수 있어요. 꽃이 있으면 꽃을 꺾어 가질 수 있고요. 하지만 별은 딸 수도 없잖아요."

"물론 그렇지만 은행에 맡길 수는 있단다."

"그게 무슨 뜻이에요?"

"종이에 내가 별을 얼마나 소유하고 있는지 적고, 그것을 서랍 속에 넣은 다음 자물쇠로 잠가 둔다는 뜻이란다."

"그게 전부예요?"

"그렇지."

어린 왕자는 생각했다.

'참 재미있는 일이군. 그런대로 의미도 있고 말이야. 하지만 그리 중요한 일은 아닌 것 같아.'

어린 왕자는 중요한 일에 대해서 어른들과 매우 다르게 생각했다.

"나에게는 꽃 한 송이가 있어요. 나는 꽃에게 물을 주고 가꿔요. 화산도 세 개나 있어서 일주일에 한 번은 청소를 해요. 불이 꺼진 화산도 청소를 해야 해요. 언제 폭발할지 알 수 없으니까요. 나는 내가 소유하고 있는 꽃이나 화산에게 도움을 주죠. 하지만 아저씨는 별들에게 어떤 도움도 되지 않아요."

장사꾼은 대답하려 했지만 마땅한 말을 찾지 못했다. 어린 왕자는 그 별을 떠났다.

'정말이지 어른들은 너무너무 이상해.'

여행을 계속하며 어린 왕자는 마음속으로 생각했다.

14

  다섯 번째 별은 가장 작은 별이었는데, 참 신기했다. 얼마나 작은지 가로등 하나와 불 켜는 사람이 있을 자리밖에 없었다. 집도 없고 사람도 살지 않는 그런 별에 가로등과 불 켜는 사람이 굳이 필요가 있을까 싶어 어린 왕자는 이해가 되지 않았다. 어린 왕자는 마음속으로 생각했다.

  '이 사람도 어리석을지 몰라. 하지만 왕이나 허영쟁이, 장사꾼이나 술꾼보다는 덜하겠지. 그나마 그가 하는 일은 의미 있는 일이니까. 가로등을 켜는 것은 마치 별 하나 꽃 한 송이를 탄생시키는 것과 마찬가지고, 가로등을 끄면 꽃이나 별을 잠들게 하는 것이니 이 얼마나 아름답고 유익한 일이야.'

  어린 왕자는 가로등 켜는 사람에게 다가가 공손히 인사를 건넸다.

  "아저씨! 안녕하세요. 그런데 왜 가로등을 껐어요?"

가로등 켜는 사람이 대답했다.

"안녕! 나는 시키는 대로 한 거란다."

"뭐라고 시켰는데요?"

"가로등을 끄라고. 잘 자라."

그렇게 말하더니 곧 다시 가로등을 켰다.

"왜 가로등을 다시 켰어요?"

"명령이니까."

"도대체 무슨 말인지 모르겠어요."

"이해할 필요 없어. 시키면 시키는 대로 하는 거야. 안녕!"

그러고 나서 다시 가로등을 끄고는 빨간 체크무늬 손수건으로 이마의 땀을 닦았다.

"내 직업은 정말 고되지. 전에는 이렇게 힘들지 않았는데……. 아침이면 가로등을 끄고 저녁이면 가로등을 켰지. 그래서 낮에는 쉬고 밤에는 잠을 잘 수 있었어."

"그럼 다른 지시가 있었던 거예요?"

"다른 지시가 없는 것이 문제야. 해가 거듭될수록 별은 점점 빨리 도는데 지시는 그대로거든."

"그래서요?"

"이제 별이 1분에 한 바퀴를 돌아서 나는 쉴 틈이 없단다. 1분마다 껐다 켰다 해야 하니 말이야."

"신기하네요. 이 별에서는 하루가 1분이라니……."

"그렇게 신기할 건 없어. 우리가 말하는 동안 벌써 한 달이 지났단다."

"벌써 한 달이나요?"

"그래, 30분 동안 이야기를 나누었으니 한 달이 지난 거지. 잘 자라."

그렇게 말하고는 다시 가로등을 켰다. 어린 왕자는 조용히 그를 바라봤고, 지시를 충실히 따르는 가로등 켜는 사람이 좋아졌다. 어린 왕자는 자신이 살던 별에서의 기억이 떠올랐다. 그는 해가 지는 광경이 보고 싶어서 의자를 움직여 앉고는 했었다. 어린왕자는 가로등 켜는 사람을 돕고 싶었다.

"아저씨! 아저씨가 쉬고 싶을 때 쉴 방법을 알고 있어요."

"나는 언제나 쉬고 싶단다."

일을 충실하게 이행하는 사람 누구라도 마음속으로 게으름을 피우고 싶은 생각이 든다는 말이다. 어린 왕자가 계속 말했다.

"아저씨의 별은 아주 작아서 세 발짝만 옮기면 한 바퀴를 돌 수 있어요. 그러니 천천히 걷기만 하면 언제나 해가 떠 있을 거예요. 쉬고 싶을 때는 걷기만 하면 돼요. 그러면 아저씨가 원하는 만큼 해가 길어져요."

"그건 별 도움이 안되겠는걸. 내가 지금 하고 싶은 건 잠을 자는 거거든."

"그렇군요. 유감이네요."

내 직업은 정말 고되지.

"그럼, 안녕!"

가로등 켜는 사람은 이렇게 말하고 다시 가로등을 껐다. 어린 왕자는 다시 여행을 떠나면서 생각했다.

'왕과 허영쟁이, 술꾼, 장사꾼과 같은 사람들은 가로등 켜는 사람을 무시하겠지. 하지만 나는 저 사람이 어리석다고 생각하지 않아. 아마 자신이 아닌 남을 위해 무언가를 하고 있기 때문일 거야.'

어린 왕자는 가로등 켜는 사람과 헤어지는 게 아쉬워 한숨을 내쉬었다.

'저 사람과 친구가 되고 싶어. 하지만 별이 너무 작아서 두 사람이 설 자리가 없는걸.'

어린 왕자가 그 별을 더욱 잊지 못하는 이유는 하루에 무려 천사백사십 번이나 해가 지기 때문이었다. 하지만 어린 왕자는 그 사실을 차마 고백하지 못했다.

15

　여섯 번째 별은 다섯 번째의 가장 작은 별보다 열 배, 아니 그 이상 되는, 지금까지 본 어느 별보다 컸다. 그 별에는 어마어마하게 큰 책을 쓰는 노인이 살았다. 노인은 어린 왕자를 보자마자 크게 소리쳤다.

　"야! 탐험가 한 명이 왔군!"

　어린 왕자는 책상 위에 걸터앉아 가쁜 숨을 내쉬었다. 벌써 꽤 긴 여행을 한 것이다. 노인이 어린 왕자에게 물었다.

　"어디에서 오는 길이냐?"

　노인의 물음에 대답도 하지 않고 어린 왕자가 물었다.

　"이 큰 책은 뭐예요? 당신은 여기서 뭘 하는 거죠?"

　노인이 대답했다.

　"나는 지리학자란다."

　"지리학자요? 지리학자가 뭐예요?"

"지리학자는 바다, 강, 도시, 산, 그리고 사막 등이 어디에 있는지 연구하는 사람이란다."

"정말 흥미롭네요. 직업다운 직업을 찾은 것 같아요."

어린 왕자는 지리학자의 별을 빙 둘러보았다. 여태껏 이처럼 아름다운 별은 본 적이 없었다.

"당신의 별은 정말 아름다워요. 이곳에 바다도 있나요?"

지리학자가 대답했다.

"글쎄, 모르겠구나."

"그래요?"

어린 왕자는 조금 실망한 얼굴로 다시 물었다.

"그럼, 산은 있나요?"

"그것도 모르겠구나."

"도시와 강, 사막은요?"

"그것도 모르겠다."

"하지만 당신은 지리학자잖아요?"

"그건 그렇지. 하지만 나는 탐험가가 아니란다. 세상에는 탐험가가 턱없이 부족하지. 지리학자는 도시, 강과 산, 바다와 사막을 다 찾아다닐 수 없단다. 지리학자는 아주 중요한 일을 해야 해서 서재를 비울 수가 없거든.

그대신 탐험가들이 보고 들은 것을 기록하는 거야. 탐험가가 아주 흥미로운 경험을 이야기하면 지리학자는 그 탐험가가 믿을 만한 사람인지 확인을 한다.”

“왜 그런 거예요?”

“탐험가가 거짓을 말하면 지리책은 엉망이 되고 마니까. 탐험
가가 술을 많이 마셔도 그렇고.”

“그건 또 왜 그렇죠?”

“술에 취하면 모든 사물이 둘로 겹쳐 보이거든. 그렇게 되면
산이 하나인데도 둘이라고 말해서 지리학자가 산이 두 개가 있
다고 기록하게 되거든.”

어린 왕자가 말했다.

“음, 그럼, 제가 아는 어떤 사람도 엉터리 탐험가일지 모르겠
네요?”

“그럴지도 모르겠구나. 탐험가가 정직해 보이면 그가 발견한
것들을 조사한단다.”

“직접 찾아가 보는 거예요?”

“아니. 그건 너무 번거로운 일이라 탐험가에게 증거를 내놓으
라고 하지. 예를 들어 큰 산을 발견했다면 큰 돌을 가져오라고
하는 식으로 말이야.”

이렇게 말하더니 지리학자가 흥분해서 물었다.

“참, 너는 멀리서 왔다고 했지? 훌륭한 탐험가구나! 너의 별
에 대해 이야기해 주겠니?”

노인은 노트를 펼치더니 연필을 깎기 시작했다. 탐험가의 이

야기를 듣고 먼저 연필로 적은 다음 탐험가가 증거물을 가지고 오면 그때 비로소 잉크로 다시 기록했다. 노인이 요청했다.

"자, 얘기해 보아라. 네 별은 어떤 곳이지?"

"내 별은 그리 흥미롭지 않아요. 아주 작은 별이죠. 화산이 세 개 있는데 두 개는 불이 붙어 있는 활화산이고 하나는 불이 꺼진 휴화산이에요. 하지만 휴화산도 언제 어떻게 될지 몰라요."

"그렇지. 어떻게 될지 아무도 알 수 없지."

"그리고 꽃도 한 송이 있어요."

"그래? 하지만 우리는 꽃은 기록하지 않는단다."

"왜요? 얼마나 예쁜 꽃인데요."

"꽃은 한순간일 뿐이잖니."

"한순간이라뇨? 그게 무슨 뜻이죠?"

"지리책은 아주 중요한 책 중의 하나지. 변하지 않는. 산이 자리를 옮긴다는 건 극히 드문 일이고, 바다가 마르는 일도 무척이나 드물잖니. 우리는 변하지 않는 영원한 것만 기록한단다."

"하지만 휴화산이 다시 활동을 시작할 수도 있잖아요."

어린 왕자가 대답하려는 노인의 말을 막았다.

"그런데 한순간이라는 게 무슨 뜻이에요?"

"우리에게 중요한 것은 불을 뿜어 대는 화산이나 뿜지 않는 화산이 아니란다. 언제나 변하지 않는 산이지."

한 번 질문하면 끝까지 답을 듣고 마는 어린 왕자가 다시 물었다.

"그런데 한순간일 뿐이라는 게 무슨 뜻이냐고요?"

"어느 순간 사라져 버릴 수 있다는 말이란다."

"그럼, 내 꽃도 어느 순간 사라질 수 있다는 거예요?"

"물론이지."

어린 왕자는 갑자기 후회되기 시작했다.

'내 꽃은 한순간일 뿐인데, 세상에서 자신을 보호할 수 있는 것이라곤 네 개의 가시가 전부인 꽃을 별에 혼자 남겨 두고 떠나오다니…….'

그러나 어린 왕자는 다시 용기를 내 노인에게 물었다.

"어느 별을 여행하면 좋을까요?"

노인이 대답했다.

"지구라는 별에 가 보렴. 아주 괜찮다더구나."

이렇게 해서 어린 왕자는 홀로 남기고 온 꽃을 생각하며 다시 여행을 떠났다.

16

어린 왕자는 일곱 번째 별인 지구에 도착했다.

지구는 이제까지 여행했던 별들과 달랐다. 지구에는 흑인 왕을 포함해 111명의 왕과 7,000명의 지리학자, 90만 명의 장사꾼과 750만 명의 술꾼, 3억 1,100만 명의 허영쟁이 등 약 20억 명 정도의 어른들이 살았다.

전기가 발명되기 전에는 가로등 켜는 사람이 여섯 대륙에 46만 2,511명이 있었다는 말만 들어도 지구가 얼마나 큰 별인지 짐작할 것이다.

지구를 조금 멀리 떨어진 곳에서 바라보면 눈이 부시도록 멋졌다. 가로등 켜는 사람들이 무리 지어 움직이면 온 세상이 규칙적으로 밝아졌다. 마치 오페라의 발레단을 보는 것 같았다. 제일 처음으로 뉴질랜드와 오스트레일리아의 가로등 켜는 사람들이 무대에 나갔다. 그들이 등을 켠 뒤 잠을 자러 가면 중국과 시베리아의 가로등 켜는 사람들이 춤을 추러 무대에 나갔다.

그들 역시 잠을 자러 무대 뒤로 나가면, 이번에는 러시아와 인도의 가로등 켜는 사람들이 등을 밝혔다. 그다음은 아프리카와 유럽, 또 그다음은 남아메리카와 북아메리카의 가로등 켜는 사람들이 차례로 나갔다. 그들은 한 번도 순서를 어기지 않고 무대에 나타났다가 사라지기를 반복했다. 그것은 정말로 엄청난 광경이었다.

북극과 남극에는 가로등 켜는 사람이 각각 한 명 있었는데, 한가하고 여유롭게 생활했다. 그들은 일 년에 딱 두 번만 등을 켰기 때문이다.

17

말을 재미있게 하려다 보면 약간의 거짓이 보태지기도 한다. 가로등 켜는 사람들에 대해 이야기하면서 나도 약간 과장했다. 그래서 지구를 잘 알지 못하는 사람들이 내 이야기를 듣고 잘못 생각할까 봐 우려된다.

사실 지구에서 사람들이 차지하는 면적은 그다지 넓지 않다. 지구에 사는 20억 명의 사람들이 모두 모여 바싹 붙어 선다면 세로 32킬로미터, 가로 32킬로미터의 공간이면 충분하다. 이 모든 사람을 태평양의 가장 작은 섬에 몰아넣는 것도 가능할 것이다.

물론 어른들은 이 말을 믿지 않을 것이다. 그들은 자신이 굉장히 넓은 공간을 차지하고 있다고 믿기 때문이다. 마치 자신이 바오밥나무처럼 커다랗고 중요한 존재라고 생각한다. 아마도 숫자를 좋아하는 그들에게 계산해 보라고 하면 매우 좋아할 것이다. 그러나 그런 지루한 계산으로 시간을 낭비하지 마라. 그건 불필요한 일이다. 그저 내 말만 믿으면 된다.

어린 왕자는 지구에 들어섰을 때 사람이 보이지 않아 매우 놀랐다. 혹시 잘못 들어선 것이 아닐까 두렵기까지 했다. 그때 마침 달빛 색깔의 반짝이는 둥근 고리 하나가 모래밭에서 꿈틀거렸다.

어린 왕자는 혹시나 하는 마음에 인사를 건넸다.

"안녕!"

"안녕."

뱀이 대답했다. 어린 왕자가 물었다.

"내가 서 있는 이 별은 무슨 별이니?"

"지구별의 아프리카야."

"그렇구나. 그런데 여기는 사람이 살지 않니?"

"여긴 사막이고, 사막에는 사람이 살지 않아. 지구는 아주 크단다."

어린 왕자는 돌담에 걸터앉아 하늘을 올려다보았다.

"언제라도 다시 돌아갈 수 있게 별이 빛나는 것일까? 내 별을 봐. 내 머리 위에서 반짝이고 있어……. 하지만 너무 멀리 있는 것 같아."

뱀이 말했다.

"정말 아름다운 별이구나. 넌 여기에 무슨 일로 왔니?"

어린 왕자는 지구에 들어섰을 때 사람이 보이지 않아 매우 놀랐다.

"내가 아는 꽃과 좀 문제가 있었거든."

"그래."

둘은 한동안 말이 없었다. 마침내 어린 왕자가 입을 열었다.

"사람들은 어디에 있니? 사막은 좀 외로운 것 같아."

뱀이 말했다.

"사람들과 함께 있어도 외롭기는 마찬가지야."

어린 왕자는 물끄러미 뱀을 바라보았다.

"넌 참 신기한 모습을 하고 있구나. 손가락처럼 가는 게……."

"그래도 왕의 손가락보다 힘이 세지."

어린 왕자는 조용히 미소 지었다.

"그렇게 힘세 보이지 않는데! 발도 없고……. 여행할 수도 없잖아."

"하지만 난 배보다 멀리 너를 데리고 갈 수 있어."

이렇게 말한 뱀은 마치 황금 팔찌처럼 어린 왕자의 발목을 휘감았다. 뱀이 덧붙여 말했다.

"내가 건드리기만 하면 누구라도 처음 왔던 그곳으로 돌아가지. 하지만 너는 아주 순수하고 머나먼 별에서 왔으니……."

어린 왕자는 아무 대꾸도 하지 않았다.

"나는 네가 가엾어 보여. 이렇게 약한 아이가 홀로 지구에 오다니. 네가 온 별이 그리워져 다시 돌아가고 싶다면 언제든 내가 도와줄게."

넌 참 신기한 모습을 하고 있구나. 손가락처럼 가는 게…….

어린 왕자가 말했다.

"그래, 알았어. 그런데 넌 왜 자꾸 수수께끼 같은 말만 하는 거니?"

"난 모든 것을 풀 수 있으니까."

뱀이 말했다. 그 후 둘은 한동안 아무 말도 하지 않았다.

18

어린 왕자는 사막을 가로질러 걸었지만 겨우 한 송이 꽃밖에 만나지 못했다. 세 장의 꽃잎을 가진 아주 소박한 꽃이었다. 어린 왕자는 꽃에 인사를 건넸다.

"안녕!"

"안녕."

꽃이 대답했다. 어린 왕자가 물었다.

"사람들이 어디 있는지 아니?"

꽃은 언젠가 대상(隊商) 무리가 사막을 지나가는 것을 본 적이 있었다.

"사람들? 몇 해 전에 봤어. 예닐곱 명이었을 거야. 하지만 지금은 그들이 어디에 있는지 모르겠는걸. 그들은 바람 부는 대로 흘러가거든. 뿌리가 없어서 찾기 힘들 거야."

"그래, 그럼 잘 있어."

어린 왕자가 작별 인사를 했다. 꽃도 인사했다.
"그래, 잘 가."

19

어린 왕자는 높은 산에 올랐다. 그가 이제껏 본 산은 높이가 무릎 정도밖에 안 되는 화산 세 개가 전부였다. 그래서 휴화산은 의자로 쓰곤 했다. 어린 왕자는 산에 오르며 생각했다.

'이렇게 높은 산에 오르면 별과 사람들을 한눈에 둘러볼 수 있겠지.'

그러나 정상에 올랐지만 보이는 것이라곤 뾰족하게 솟은 산봉우리뿐이었다. 어린 왕자는 혹시 누군가 있을지 모른다는 생각에 인사를 건넸다.

"안녕!"

"안녕…… 안녕…… 안녕……."

메아리가 대답했다.

어린 왕자가 물었다.

"당신은 누구세요?"

"당신은 누구세요…… 당신은 누구세요…… 당신은 누구세요……."

어린 왕자가 말했다.

"우리 친구해요. 외로워요."

"외로워요…… 외로워요…… 외로워요……."

또다시 메아리가 대답했다. 어린 왕자는 생각했다.

'참 이상한 별이야. 여긴 온통 메마르고 험해. 그리고 사람들은 상상력도 없는지 내가 하는 말만 따라 하잖아. 내 별에서는 꽃 한 송이뿐이었지만 내게 먼저 말을 건네곤 했는데…….'

20

어린 왕자는 한참을 모래와 바위 그리고 눈 위를 거닌 끝에
마침내 길 하나를 발견했다. 모든 길은 사람들이 사는 곳으로
이어지게 마련이다.

"안녕!"

어린 왕자가 정원에 활짝 핀 꽃들을 향해 인사했다. 그러자 꽃들이 대꾸했다.

"안녕!"

어린 왕자는 꽃들을 바라보았다. 어린 왕자의 별에 있는 꽃과 매우 닮은 꽃들이었다. 놀란 어린 왕자는 꽃들에게 물었다.

"너희는 누구니?"

"우리는 장미야."

장미들이 합창했다.

"그래, 그렇구나."

순간, 어린 왕자는 자신이 불행하다고 느꼈다.

어린 왕자의 꽃이 말하길 자신 같은 꽃은 세상에 오직 하나뿐이라고 말했었는데, 이 정원에는 비슷한 꽃이 5천 송이나 피어 있지 않은가.

어린 왕자는 혼잣말로 중얼거렸다.

"만약 내 꽃이 이것을 본다면 무척 상심할 거야.

내게 놀림당하기 싫어서 기침을 심하게 해 대고, 어쩌면 죽는 시늉을 할지도 몰라.

그러면 난 꽃을 보살피는 척해야겠지. 그렇게 하지 않으면 꽃은 내게 죄책감을 느끼게 하려고 정말 죽어 버릴지도 모르니까……."

어린 왕자는 생각했다.

'이제까지 나는 세상에 하나밖에 없는 꽃을 가지고 있어서 부자라고 생각했었는데, 그 꽃이 그저 평범한 장미 한 송이였다니……. 겨우 내 무릎 높이의 화산 세 개, 그것도 한 개는 불을 뿜지 않는 휴화산이라니. 이것만으로는 내가 위대한 왕자라고 할 수 없어…….'

어린 왕자는 풀숲에 엎드려 소리 내어 울기 시작했다.

21

그때 어디선가 여우가 나타나 인사를 건넸다.

"안녕!"

"안녕⋯⋯."

어린 왕자도 소리가 나는 쪽으로 고개를 돌리며 인사했다. 하지만 아무도 보이지 않았다. 인사를 건넸던 목소리가 다시 말했다.

"나 여기 있어. 사과나무 아래에."

"너는 누구니? 참 예쁘게 생겼구나."

"난 여우라고 해."

어린 왕자가 말했다.

"이리 와서 나랑 놀자. 난 지금 몹시 슬퍼⋯⋯."

여우가 말했다.

"난 너랑 같이 놀 수 없어. 나는 길들지 않았거든."

"아, 그래. 미안해."

어린 왕자는 잠시 생각에 잠겼다가 문득 궁금해져 물었다.

"그런데 말이야. '길들인다'라는 게 뭐야?"

"아, 넌 여기 사는 아이가 아니구나. 뭘 찾으러 왔니?"

어린 왕자가 말했다.

"사람들을 찾고 있어. 그런데 '길들인다'라는 게 뭐야?"

"사람들은 총을 가지고 있고 그걸로 사냥해. 그래서 나는 아주 곤란하지. 사람들은 닭을 기르는데, 그것이 유일한 낙이야. 너는 닭을 찾고 있니?"

"아니, 난 친구를 찾고 있어. 그런데 '길들인다'라는 게 무슨 뜻이야?"

"이제는 사람들이 많이 잊어버린 '관계를 맺는다'라는 뜻이야."

"관계를 맺는다고?"

"그래. 지금 너는 나에게 수많은 아이와 다름없는 작은 소년에 지나지 않아. 난 네가 필요하지 않고, 물론 너도 내가 필요하지 않지. 나도 너에게 수많은 여우 중 하나에 지나지 않으니까. 하지만 네가 나를 길들인다면 우리는 서로 필요한 존재가 되는 거야. 나한테 너라는 존재는 세상에 하나밖에 없는 사람이 되는 거고, 너한테 나는 세상에 하나밖에 없는 여우가 되는 거니까."

어린 왕자는 고개를 끄덕였다.

"이제 무슨 말인지 조금 이해가 돼. 나에게는 꽃 한 송이가 있는데…… 난 그 꽃에게 길든 것 같아."

"그럴 수도 있을 거야. 지구에서는 온갖 일들이 일어나니까."

"아니! 내 이야기는 지구에서 일어난 일이 아니야."

여우는 깜짝 놀란 표정으로 말했다.

"그럼, 다른 별에서 있었던 이야기란 말이야?"

"응, 그래."

"혹시 그 별에도 사냥꾼이 있니?"

"아니, 없어."

"참 재밌다! 그럼, 닭은?"

"없어."

"세상에 완벽한 곳은 없군."

여우는 한숨을 내쉬었다. 그러나 금세 기운을 내어 말했다.

"내 생활은 무척 단조로워. 나는 닭을 쫓고, 사람들은 나를 쫓지. 닭들은 모두 비슷비슷하고 사람들도 크게 다르지 않아. 그래서 나는 늘 지루해. 하지만 네가 나를 길들인다면 내 생활은 많이 달라질 거야. 그러면 수많은 발소리 중에 네 발소리를 구별하게 될 거야. 다른 소리는 나를 땅속 깊이 숨게 하지만, 네 발소리는 마치 음악 소리처럼 나를 밖으로 불러낼 거야. 그리고 저기 밀밭이 보이지? 난 빵을 좋아하지 않아. 밀은 나에게 아무 필요가 없거든. 그래서 밀밭을 바라봐도 나는 아무 생각도 느낌도 없어. 그건 슬픈 일이지. 하지만 아름다운 황금빛 머리카락을 지닌 네가 나를 길들인다면 밀밭은 내게 아주 근사한 광경으로 보일 거야. 밀밭이 황금물결을 이룰 때 네가 기억날 테니까. 그러면 나는 밀밭을 스쳐 지나는 바람 소리마저도 사랑하게 될 거야."

여우는 이렇게 말하고 어린 왕자를 오랫동안 바라보았다.

"부탁인데…… 나를 길들여 주겠니?"

어린 왕자가 대답했다.

"그래, 나도 그러고 싶어. 하지만 내겐 시간이 그리 많지 않고, 많은 친구를 만나고 싶어. 알고 싶은 것도 무척 많아."

여우가 말했다.

"우리는 길들인 것만을 알 수 있어. 사람들은 새로운 것을 알려고 하지 않아. 가게에서 이미 만들어진 물건을 사지. 하지만 친구를 파는 가게는 없다고! 사람들은 이제 친구를 사귈 수도 없게 될 거야. 만일 네가 친구를 사귀고 싶다면 나를 길들여야 한다는 말이야."

어린 왕자가 물었다.

"그러면 내가 어떻게 하면 되는데?"

여우가 대답했다.

"인내심이 필요해. 일단은 나와 좀 떨어진 풀밭에 앉아. 내가 하는 것처럼 이렇게. 내가 너를 살짝 곁눈질로 쳐다보면 너는 아무 말도 하지 말고 그대로 있어. 말은 수많은 오해의 원인이 되거든. 하지만 하루하루 시간이 지날 때마다 넌 내게 조금씩 다가오게 될 거야."

다음 날, 어린 왕자는 여우를 찾아갔다.

여우가 말했다.

"매일 같은 시각에 오는 게 좋을 거야. 만일 네가 오후 4시에 온다면 나는 3시부터 행복해질 거야. 4시가 가까워질수록 나는 점점 더 행복해지겠지. 마침내 4시가 되면 가슴이 두근거리고 안절부절못하게 될 거야. 그러면서 행복이 얼마나 소중한 것인지 깨닫게 돼. 그런데 네가 아무 때나 온다면 언제부터 마음의 준비를 해야 할지 모르잖아. 그래서 의식이 필요한 거야."

어린 왕자가 물었다.

"의식이 뭐야?"

여우가 대답했다.

"이것도 많이 잊혀진 건데, 의식이라는 것은 어느 날을 평소와 다르게, 어느 시간을 평소의 시간보다 특별하게 만드는 거야. 예를 들면 나를 쫓는 사냥꾼들에게도 의식이 있어. 그들은 매주 목요일이 되면 마을의 아가씨들과 춤을 추지. 그래서 목요일은 내게 편안한 날이야. 그날은 포도밭으로 산책하러 갈 수도 있어. 사냥꾼들이 매일 춤을 춘다면 항상 그럴 거야. 그러면 나도 그날이 그날이고 휴가라는 것도 없어질 테지."

그렇게 해서 어린 왕자는 여우를 길들이게 되었다.

둘이 헤어질 날이 다가오자 여우가 말했다.

"눈물이 날 것만 같아."

어린 왕자가 말했다.

"네 잘못이야. 나는 네 마음을 아프게 하고 싶지 않았어. 하지만 네가 길들여 주길 원했잖아."

만일 네가 오후 4시에 온다면 나는 3시부터 행복해질 거야.

"그래. 그랬어."

"그런데 너는 자꾸 울려고 하잖아."

"그래. 맞아."

"길들여서 좋을 게 없어."

어린 왕자의 말에 여우가 대답했다.

"아니야. 그래도 좋은 게 있어. 밀밭의 황금빛을 사랑하게 되었잖아."

여우가 이어 말했다.

"장미들에게 다시 가 봐. 너의 꽃이 이 세상에 단 하나뿐이라는 것을 깨닫게 될 거야. 그리고 다시 내게 와서 작별 인사를 해줘. 그때 비밀 하나를 알려 줄게."

어린 왕자는 다시 장미들을 찾아가서 말했다.

"너희는 나의 꽃과 하나도 닮지 않았어. 너희는 아무 의미가 없어. 누구도 너희를 길들이지 않았고 너희도 길들지 않았으니까. 너희는 길들여지기 전의 여우와 같아. 길들여지기 전의 여우도 수많은 여우와 같았어. 하지만 이제 나의 친구야. 세상에 단 하나뿐인 여우가 되었지."

어린 왕자의 말을 듣고 장미들은 몹시 당황스러워했다. 어린 왕자가 이어 말했다.

"너희는 아름답지만 의미가 없어. 누구도 너희를 위해 죽을 수는 없을 테니까.

물론 내 꽃도 길을 지나가는 사람들에게는 너희와 똑같아 보이겠지. 하지만 너희 모두보다 내 꽃 하나가 내게는 더 소중해. 내가 그 꽃에게 물을 주고, 유리 덮개를 씌워 줬으니까.

　바람막이로 꽃을 가렸고 벌레를 잡아 줬으니까. 물론 두세 마리 벌레는 나비가 되라고 놓아 주긴 했지만……. 그리고 꽃이 투덜대거나 잘난 체를 해도 받아 줬고, 가끔 말을 하지 않을 때도 곁에서 지켜봤으니까. 내 꽃이었기 때문에!"

　어린 왕자는 이렇게 말하고 여우에게 돌아갔다. 어린 왕자가 말했다.

　"안녕! 잘 있어."

　여우가 말했다.

　"비밀 하나를 알려 줄게. 아주 간단한 건데, 마음으로 봐야 잘 보인다는 거야. 정말 중요한 것은 눈에 보이지 않거든. 그럼, 안녕, 잘 가."

　어린 왕자는 여우의 말을 잊지 않기 위해 되풀이했다.

　"정말 중요한 것은 눈에 보이지 않는다."

　"정말 중요한 것은 눈에 보이지 않아."

　"네 장미가 너에게 그토록 중요한 것은 네가 장미에게 들인 시간 때문이야."

　이번에도 어린 왕자는 여우의 말을 잊지 않으려고 따라 했다.

　"내가 장미에게 들인 시간 때문이야."

"사람들은 이 진리를 잊어버렸어. 하지만 너는 잊어서는 안 돼. 네가 길들인 것에 언제까지나 책임이 있으니까. 너의 장미는 네가 책임져야 해."

"나는 내 장미를 책임져야 해."

어린 왕자는 여우의 말을 반복하며 웅얼거렸다.

22

"안녕하세요!"

어린 왕자가 철도원에게 인사했다.

"안녕!"

어린 왕자가 물었다.

"여기서 뭘 하세요?"

"여행객들을 기차에 태우고 있단다. 여행객을 태운 기차를 오른쪽으로 또는 왼쪽으로 보내기도 하지."

그때 환하게 불을 밝힌 급행열차가 천둥 같은 소리를 내며 달려와 관제실을 뒤흔들었다.

어린 왕자가 다시 물었다.

"여행객들은 몹시 바쁜가 봐요. 뭘 찾아가는 거예요?"

철도원이 대답했다.

"그건 기관사도 모를 거다."

이번에는 반대쪽에서 급행열차가 요란한 소리를 내며 지나갔다.

어린 왕자가 물었다.

"벌써 돌아오는 거예요?"

"같은 손님이 아니야. 두 대의 기차가 엇갈려 가는 거지."

어린 왕자가 다시 물었다.

"그들은 사는 곳이 만족스럽지 않나 봐요?"

"자신이 사는 곳에 만족하는 사람은 거의 없단다."

그때 세 번째 기차가 요란하게 지나갔다.

"저 기차 손님들은 처음 지나간 손님들을 쫓아가는 거예요?"

"그들은 쫓아가는 게 아니란다. 기차 안에서 자거나 하품을 하고 있겠지. 아이들만이 유리창에 코를 바짝 붙이고 창밖을 내다볼 뿐이지."

"아이들은 알고 있는 거예요. 자신이 무엇을 찾고 있는지 말이에요. 아이들은 봉제 인형 하나를 찾느라 오랜 시간을 보내기도 하죠. 인형은 아이들에게 아주 소중하니까요. 그래서 인형을 빼앗으면 우는 거예요."

철도원이 말했다.

"아이들은 좋겠구나."

23

"안녕하세요!"

어린 왕자가 상인에게 인사를 건네자 상인이 대답했다.

"안녕."

상인은 갈증을 없애는 알약을 팔았다. 일주일에 한 알씩 먹으면 갈증을 못 느끼게 하는 약이었다. 어린 왕자가 물었다.

"그런 약을 왜 팔아요?"

"시간을 절약할 수 있단다. 전문가가 계산해서 말해 줬는데, 일주일에 53분이나 절약된다는구나."

"절약한 53분 동안 뭘 하는데요?"

"하고 싶은 일을 하겠지."

어린 왕자는 마음속으로 이렇게 생각했다.

'만약에 나라면 53분 동안 우물을 향해 천천히 걸어갈 텐데……'

비행기가 고장 나는 바람에 사막에서 머문 지 여드레째 되는 날이었다. 나는 어린 왕자가 만난 상인 이야기를 들으면서 마지막 남은 한 방울의 물을 마셨다. 그리고 어린 왕자에게 말했다.

"너의 여행 이야기는 참 아름다워. 하지만 난 아직 비행기를 고치지 못했고, 마실 물은 이제 한 방울도 남지 않았어. 우물을 향해 천천히 걸어갈 수만 있다면 얼마나 행복하겠니."

어린 왕자가 말했다.

"내 여우 친구는……."

"꼬마 친구! 지금은 여우 이야기를 하고 있을 때가 아니라는 생각이 든다."

"왜요?"

"우린 곧 목이 말라 죽게 될지도 모르거든."

어린 왕자는 내 말을 이해하지 못한 채 말했다.

"비록 우리가 죽게 되더라도 친구를 사귀었잖아요. 난 여우 친구가 생겼다는 것만으로도 행복해요."

나는 생각했다.

'우리가 얼마나 위험한 상황에 부닥쳤는지 이 아이는 알지 못해. 배가 고픈지, 갈증이 나는지도 모르고 햇빛만으로도 충분해 보여.'

어느새 어린 왕자가 내가 하는 생각을 알았다는 듯이 나를 물끄러미 바라보며 말했다.

"나도 목이 말라요. 우리 우물을 찾으러 가요."

나는 지친 기색을 내보였다. 이 광활한 사막 한복판에서 우물을 찾아 나선다는 것은 너무도 무모한 짓이었다. 하지만 우리는 발걸음을 옮겼다. 나와 어린 왕자는 말없이 몇 시간을 걸었다.

어느덧 주위에 어둠이 내리고 밤하늘에 별이 빛나기 시작했다. 나는 갈증 탓에 미열이 났고 꿈결인듯 몽롱하게 별들을 바라보았다. 어린 왕자의 말이 내 머릿속에서 춤을 추듯 맴돌았다. 내가 물었다.

"목마르니?"

그러나 어린 왕자는 내 물음에 답하지 않고 이렇게 말했다.

"물은 마음에도 좋은 거예요."

나는 어린 왕자의 말을 이해할 수 없었지만 아무 말도 하지 않았다. 그에게 무슨 뜻인지 물으면 싫어할 것을 알고 있었기 때문이었다.

어린 왕자도 매우 지친 듯했다. 그가 모래밭에 털썩 주저앉기에 나도 옆에 앉았다. 잠시 말이 없던 어린 왕자가 입을 열었다.

"별이 아름다운 것은 눈에 보이지 않는 꽃 한 송이가 있기 때문이에요."

"그렇구나."

어린 왕자의 말에 맞장구를 치고 나서 나는 달빛 아래 펼쳐진 모래 언덕을 조용히 바라보았다. 어린 왕자가 덧붙였다.

"사막은 무척 아름다워요."

사실 그랬다. 나는 언제나 사막을 사랑했다. 모래 언덕 위에 앉으면 아무것도 보이지 않고, 아무 소리도 들리지 않는다. 그러나 침묵 속에서도 반짝이는 무언가가 숨어 있다. 어린 왕자가 말했다.

"사막이 아름다운 것은 오아시스를 숨기고 있기 때문이에요."

나는 사막이 신비롭게 빛나는 이유를 깨닫고 깜짝 놀랐다.

어릴 적에 나는 아주 오래된 집에 살았다. 오래전부터 전해 온 이야기에 의하면 그 집에는 보물이 숨겨져 있다고 했다. 물론 그 보물을 찾아낸 사람은 아무도 없었다. 보물을 찾으려는 사람도 없었다. 그런데 보물 때문에 그 집은 아주 매력적으로 보였다. 내 집은 보이지 않는 깊숙한 곳에 비밀을 숨기고 있었던 것이다······.

나는 어린 왕자에게 말했다.

"그래, 집이나 별, 그리고 사막을 아름답게 빛내는 건 눈에 보이지 않아!"

"아저씨가 내 여우 친구와 같은 생각을 하고 있다니 기뻐요."

어린 왕자가 잠이 들어서 나는 그를 품에 안고 걷기 시작했다. 기분이 묘했다. 부서지기 쉬운 소중한 보물을 안고 가는 기분이었다. 이 세상에 이보다 더 연약한 존재가 있을까 싶었다. 창백한 이마, 꼭 감은 두 눈, 바람결에 흩날리는 머리카락. 달빛 아래 그의 모습을 바라보며 나는 생각했다.

'내가 보고 있는 이 모습은 껍데기에 지나지 않아. 가장 소중한 것은 눈에 보이지 않는 법이니까.'

어린 왕자의 입가에 보일 듯 말 듯 미소가 번지고 있었다. 그 모습을 바라보며 나는 또 생각했다.

'잠든 어린 왕자가 내게 이토록 감동을 주는 이유는 아마도 꽃 한 송이를 향한 그의 간절한 마음 때문일 거야. 마치 불꽃 같은 장미가 그의 마음에 빛나고 있어.'

이런 생각이 들자 어린 왕자가 더 연약한 존재로 느껴졌다.

불꽃은 잘 보호해야 한다. 한 줄기 바람에도 꺼질 수 있으니…….

이렇게 하염없이 걷다가, 동틀 무렵 우물을 발견했다.

25

"사람들은 서둘러 급행열차에 오르지만 정작 자신들이 무엇을 찾는지 모르고 있어요. 그래서 늘 분주하게 제자리를 맴돌고 있을 뿐이에요."

어린 왕자는 덧붙여 말했다.

"아무 소용없는 일인데 말이에요."

우리가 발견한 우물은 사하라 사막의 우물과 달랐다. 사하라 사막의 우물이, 그저 모래밭에 구멍을 낸 것이라면, 우리의 우물은 마치 마을의 우물 같았다. 하지만 주변에 마을은 찾아볼 수 없어서 나는 꿈을 꾸고 있는 기분이었다. 나는 어린 왕자에게 말했다.

"정말 이상해. 모든 게 갖춰진 우물이라니……. 도르래, 두레박, 밧줄까지……."

어린 왕자가 큰 소리로 웃으며 밧줄을 당겨 도르래를 움직였다. 그러자 오랫동안 잠들었던 낡은 풍차가 깨어난 듯 도르래가 삐걱 소리를 냈다.

어린 왕자가 말했다.

"자, 들어 봐요. 우리가 자고 있던 우물을 깨운 거예요. 우물이 노래를 부르잖아요……."

나는 어린 왕자에게 힘든 일을 시키고 싶지 않았다.

"내가 할게. 네가 들긴 무거울 거야."

나는 천천히 두레박을 끌어올려 우물 담 위에 놓았다. 도르래의 노랫소리가 쟁쟁하게 울려 퍼졌고, 출렁이는 물속에 햇살이 일렁였다.

"물을 보니까 목이 말라요. 물 좀 주세요."

그제야 나는 어린 왕자가 찾고 있는 것이 무엇인지 알 수 있었다. 나는 두레박을 들어 어린 왕자의 입에 가져다 댔다.

그는 눈을 감고 물을 마셨다. 우리는 축제를 맞이한 사람들처럼 즐거워했다. 그 물은 분명히 우리가 먹던 물과 완전히 다른 것이었다. 별빛 아래를 행진한 끝에 찾아낸 도르래의 노래와 내 두 팔의 노력으로 얻은 물이었다. 그것은 마치 선물을 받았을 때처럼 내 마음을 기쁘게 했다. 유년 시절에도 크리스마스트리에 매달린 반짝이는 불빛, 자정 예배 때 울려 퍼지던 음악, 사람들의 다정한 미소들이 있었기에 크리스마스 선물이 더 값지게 느껴지지 않았던가. 어린 왕자가 말했다.

"아저씨의 별 사람들은 한 정원에 장미를 5천 송이나 가꾸지만, 진정으로 원하는 것을 찾지 못해요."

"그래, 맞아."

"한 송이의 꽃이나 물 한 모금에서도 찾아낼 수 있는데……."

"그렇고말고."

어린 왕자가 이어 말했다.

"하지만 눈에는 보이지 않아요. 마음으로 찾아야 해요."

나는 물을 마셨다. 갈증이 해소되자 숨쉬기가 훨씬 편했다. 동이 틀 무렵, 햇빛이 비치면 모래는 꿀 색깔을 띤다. 나는 꿀 색깔의 모래를 바라보며 행복을 느꼈다. 괴로울 것이 뭐 있는가……. 모든 것이 내 마음을 흡족하게 했다. 어린 왕자가 내 곁에 앉으며 나지막이 말했다.

"아저씨, 약속은 꼭 지켜야 해요."

"무슨 약속 말이냐?"

"약속했잖아요. 내 양에게 입마개를 씌워 준다고……. 나는 그 꽃을 책임져야 하니까요."

나는 주머니에서 끼적여 두었던 그림들을 꺼내 들었다. 어린 왕자가 그것들을 보더니 웃으며 말했다.

"아저씨가 그린 바오밥나무는 양배추 같아요."

"아! 그러니?"

내가 바오밥나무 그림에 얼마나 심혈을 기울였던가.

"여우는…… 귀가 꼭 뿔처럼 보여요. 너무 길쭉하잖아요."

이렇게 말하며 어린 왕자는 피식 웃었다.

"얘야, 너무하구나. 나는 속이 보이는 보아뱀과 보이지 않는 보아뱀밖에 그릴 줄 몰랐다니까."

"오! 괜찮아요. 아이들은 다 알아보거든요."

그래서 나는 연필로 굴레를 그렸다. 그 그림을 어린 왕자에게 내미는데 가슴이 미어지는 느낌이 들었다.

"나는 이제 네가 앞으로 어떻게 할지 궁금하구나."

하지만 어린 왕자는 내가 하는 말에 대답하지 않고 이렇게 말했다.

"내일이면 내가 지구에 온 지 일 년이 되네요."

잠시 침묵하던 어린 왕자가 다시 말을 이었다.

"이 근처 어디였는데……."

어린 왕자가 얼굴을 붉혔다. 그 말에 나는 왠지 모를 슬픔이 밀려왔다.

"우리가 만난 날 아침에 사람이 사는 마을에서 수천 킬로미터 떨어진 이곳을 네가 혼자 걷고 있었던 것은 우연이 아니었구나. 네가 떨어졌던 곳으로 돌아가려던 거였니?"

어린 왕자는 다시 얼굴을 붉혔다. 나는 잠시 머뭇거리다가 다시 물었다.

"혹시 일 년이 되어 돌아가려고 했던 거니?"

어린 왕자가 큰 소리로 웃으며 밧줄을 당겨 도르래를 움직였다.

어린 왕자는 내가 묻는 말에는 대답하지 않고 얼굴을 붉혔다. 아마도 내 말이 맞는 듯했다.

"아, 나는 겁이 난다."

어린 왕자가 말했다.

"아저씨는 이제 일을 해야 하잖아요. 아저씨의 기계가 있는 곳으로 가요. 나는 여기서 아저씨를 기다리고 있을게요. 내일 저녁에 다시 와요."

나는 불안했다. 어린 왕자가 들려줬던 여우 이야기가 생각났는데, 여우처럼 누군가에게 길들여지면 눈물 흘릴 일이 생길지도 모르기 때문이었다.

26

우물 옆에는 낡아 허물어진 돌담이 하나 있었다. 다음 날 저녁에 일을 마치고 돌아와 보니 어린 왕자가 돌담 위에 두 다리를 축 늘어뜨리고 앉아 있었다. 어린 왕자의 목소리가 선명하게 들렸다.

"기억이 안 나? 아무리 생각해도 여기는 아닌 것 같아."

누군가가 대답이라도 한 듯 어린 왕자가 대꾸했다.

"아니, 아니야. 날짜는 맞는데 장소는 여기가 아니야."

나는 서둘러 돌담으로 갔다. 아무것도 없었다. 누군가의 목소리도 들리지 않았다. 어린왕자는 누군가에게 다시 대답했다.

"맞아. 모래 위에 찍힌 내 발자국을 잘 보라고. 어디서 시작됐는지 말이야. 거기서 날 기다리면 돼. 오늘 밤에 그곳으로 갈 테니까."

나는 돌담에서 20미터쯤 떨어진 곳에 있었지만, 여전히 아무도 눈에 띄지 않았다.

　어린 왕자는 잠시 침묵했다가 다시 말을 꺼냈다.

　"네 독은 어떠니? 오랫동안 아프게 하지 않을 거지?"

　나는 가슴이 두근거려 그 자리에 멈춰 섰다. 무슨 일인지 도무지 알 수 없었다.

　"이제 그만 가. 난 내려가고 싶어."

이제 그만 가. 난 내려가고 싶어.

그제야 나는 돌담 아래를 내려다보았다. 순간 너무 놀란 나머지 심장이 멎는 것 같았다. 돌담 아래에는 몇 초 만에 사람을 죽일 수 있는 노란 뱀 한 마리가 몸을 꼿꼿이 세운 채 어린 왕자를 응시하고 있었다.

나는 권총을 꺼내려고 호주머니를 뒤지며 달려갔다. 내 발소리가 나자 노란 뱀은 꺼져 가는 분수처럼 모래 속으로 스윽 미끄러져 들어가 작은 쇳소리를 내며 돌 틈으로 몸을 감췄다. 나는 돌담 아래에서 눈처럼 하얗게 질린 어린 왕자를 끌어안았다.

"도대체 어떻게 된 거야? 이젠 뱀하고도 얘기를 나누다니
……."

나는 어린 왕자의 목에 둘린 금빛 머플러를 풀었다. 그의 관자놀이를 눌러 마사지하고 물을 마시게도 했다. 이제는 그에게 무슨 질문을 어떻게 해야 할지 엄두가 나지 않았다. 어린 왕자는 진지한 표정으로 나를 바라보더니 두 팔로 내 목을 감싸 안았다. 총에 맞아 힘없이 죽어 가는 새처럼 그의 심장이 가냘프게 뛰었다.

"아저씨가 기계를 고쳐서 기뻐요. 이제 아저씨도 집에 돌아갈 수 있어서요."

"그걸 어떻게 알았니?"

내가 생각지도 않게 기계를 고쳤다는 소식을 말하려던 참이었다. 어린 왕자는 내 물음에 대답하지 않고 말했다.

"오늘 내 별로 돌아갈 거예요."

그러고 나서 다소 우울해진 목소리로 말했다.

"내 별은 아저씨 집보다도 훨씬 멀어요. 그래서 아마 더 힘들 거예요."

나는 뭔가 심상치 않은 일이 벌어지고 있다고 느꼈다. 나는 어린 왕자를 아기처럼 품에 꼭 안았다. 그러나 내가 붙잡아도 소용없이 어린 왕자는 심연 속으로 빠져들고 있는 것 같았다. 그는 아득히 먼 곳을 바라보고 있었다.

"나에게는 아저씨가 그려 준 양과 양을 넣어 둘 상자가 있어요. 굴레도 있고요."

이렇게 말하는 어린 왕자의 얼굴에 슬픈 미소가 번졌다. 나는 아무 말 없이 한참을 기다렸다. 어린 왕자의 몸이 서서히 따뜻해지는 게 느껴졌다.

"아가야, 무서웠지."

어린 왕자는 두려웠던 것이다. 틀림없이 그랬으면서 어린 왕자는 조용히 웃었다.

"오늘 저녁이 되면 더 무서울 거예요."

다시는 돌이킬 수 없는 일이 일어나고 있다는 예감에 온몸이 얼음처럼 얼어붙는 것 같았다. 나는 또다시 가슴이 미어졌다. 어린 왕자의 웃음소리를 영영 들을 수 없다는 생각만 해도 견딜 수 없었다. 어린 왕자의 웃음소리는 사막의 오아시스와도 같은 것이었다.

"아가야, 네 웃음소리가 듣고 싶구나."

어린 왕자가 말했다.

"오늘 밤이면 일 년이 돼요. 내가 지구로 왔던 그곳 위에 내 별이 뜰 거예요."

"아가야. 그 뱀이나, 만날 약속이나, 별 이야기는 모두 나쁜 꿈이 아니었을까?"

어린 왕자는 내 물음에 답하지 않고 말했다.

"중요한 것은 눈에 보이지 않아요."

"그래."

"꽃도 마찬가지예요. 아저씨가 어느 별에 있는 꽃 한 송이를 사랑하게 된다면 밤하늘을 바라보는 것만으로도 기분이 좋아질 거예요. 어느 별에나 꽃은 필 테니까요."

"그래."

"물도 마찬가지예요. 아저씨가 마시라고 준 물은 음악 소리 같았어요. 도르래와 밧줄 때문에요. 생각나죠? 물이 아주 달콤했잖아요."

"그래."

"밤마다 별을 바라보세요. 내 별은 너무 작아서 어디에 있는지 가르쳐 줄 수도 없어요. 하지만 그게 더 좋을 거예요. 그래야 아저씨가 어떤 별을 바라보든 즐거울 테니까요. 밤하늘의 모든 별이 아저씨의 친구가 될 거예요. 이제 아저씨에게 선물을 하나 줄게요."

이렇게 말하고 어린 왕자가 웃었다.

"아! 그래. 난 네 웃음소리가 좋아."

"내가 주려던 선물이 바로 그거예요. 물과 같은 거예요."

"그게 무슨 뜻이지?"

"사람들은 누구나 별을 바라보지만, 모두에게 같은 의미는 아니에요. 어떤 사람에게는 작은 빛일 뿐이지만 여행객에게 별은 길잡이가 돼 주잖아요. 학자에게는 연구 대상이고 장사꾼에게는 별이 황금과도 같은 것이었어요.

하지만 별은 말이 없어요. 아저씨는 누구도 갖지 못한 별을 갖게 될 거예요."

"그건 또 무슨 말이니?"

"아저씨가 밤하늘의 별들을 바라볼 때 그 별 중 하나에 내가 살고 있을 테니 말이에요. 또 내가 그 별 중 하나에서 웃고 있을 테니 아저씨는 모든 별이 웃고 있는 것처럼 보일 거예요. 그러면 아저씨는 미소 짓는 별을 갖게 되는 거잖아요."

어린 왕자가 또 웃었다.

"시간이 지나면 슬픔은 무뎌지기 마련이에요. 그래서 아저씨도 언젠가 슬픔이 지나가면 나를 알게 된 것이 기쁨이 되겠지요. 아저씨는 언제까지나 내 친구로 남을 거고, 나와 함께 웃고 싫어질 거예요. 그래서 가끔 괜스레 창문을 열게 되겠지요. 아저씨가 밤하늘을 보고 웃음 짓는 모습을 보고 친구들이 놀라면 '저 별들은 항상 나를 웃음 짓게 해' 하고 말해 주세요. 친구들은 아저씨가 이상하다고 생각할 거예요. 내가 아저씨에게 아주 짓궂은 장난을 친 게 되겠네요."

그리고 그는 또 웃었다.

"그건 별 대신에 웃을 줄 아는 조그만 방울을 잔뜩 준 셈이 되는 거예요."

이렇게 말하고 어린 왕자는 또 웃었다. 그러더니 곧 심각한 표정을 지었다.

"오늘 밤에는…… 오지 마세요."

"난 네 곁에 있고 싶어."

"난 무척 아파 보일 거예요. 죽어 가는 것처럼 보일지도 몰라요. 그러니 오지 마세요. 올 필요 없어요."

"난 네 곁을 떠나지 않아."

그러나 어린 왕자는 걱정스러운 목소리로 말했다.

"내가 아저씨에게 오지 말라고 하는 건 뱀 때문이기도 해요. 뱀이 아저씨를 물면 안 되니까. 뱀은 아주 심술궂어서 장난삼아 아저씨를 물 수도 있거든요."

"그래도 네 곁을 떠날 수는 없어."

그러다 어린 왕자는 조금 안심이 된다는 듯 말했다.

"하긴 뱀이 두 번째 물 땐 독이 없으니까."

그날 밤 나는 어린 왕자가 떠나는 모습을 보지 못했다. 그는 조용히 떠나 버렸다. 내가 어린 왕자의 뒤를 쫓았을 때 그는 빠른 발걸음으로 서슴없이 걸어가고 있었다. 어린 왕자는 나를 보며 이렇게 말할 뿐이었다.

"아! 아저씨 왔네요."

그러고 나서 내 손을 잡으며 걱정했다.

"아저씨가 여기 온 건 잘못이에요. 많이 힘들 텐데……. 내가 죽은 것처럼 보이겠지만 그렇지 않아요."

나는 아무 말도 하지 않았다.

"아저씨도 알다시피 내 별은 아주 멀어요. 이 몸으로 갈 수가 없어요. 너무 무겁거든요."

나는 여전히 아무 말도 하지 않았다.

"내 몸은 아무렇게나 버려진 껍데기처럼 보일 거예요. 낡은 껍데기만 남았다고 슬퍼할 건 없어요."

나는 대꾸하지 않았다. 그는 조금 풀이 죽어 보였다. 하지만 곧 힘을 냈다.

"정말 근사할 거예요. 나도 별들을 바라볼 거예요. 모든 별이 도르래가 있는 우물로 보이겠지요. 모든 별이 나에게 마실 물을 줄 거예요."

나는 아무 말도 하지 않았다.

"정말 재밌을 거예요. 아저씨는 5억 개의 작은 방울들을 갖고, 나는 5억 개의 우물을 갖게 될 거니까요."

그리고 그도 입을 다물었다. 그는 울고 있었던 것이다.

"저기예요. 이제 혼자 갈게요."

어린 왕자는 무서웠는지 그 자리에 주저앉고 말았다. 어린 왕자가 말했다.

"아저씨…… 난…… 내 꽃에게 책임이 있어요. 내 꽃은 아주 연약하고 순진해요. 보잘것없는 가시 네 개로 자신을 지키려고 해요."

나도 더는 그대로 서 있을 수가 없어 주저앉았다.

"음…… 이제 다 끝났어요……."

어린 왕자는 잠시 망설이는가 싶더니 이내 몸을 일으켜 한 발 한 발 발을 내디뎠다. 나는 꼼짝할 수 없었다.

순간, 어린 왕자의 발목에서 노란빛이 반짝였다. 그는 잠시 그대로 서 있었고 소리치지도 않았다. 그리고 나무가 쓰러지듯 어린 왕자는 스르르 무너졌다. 모래밭이어서 작은 소리조차 나지 않았다.

27

벌써 여섯 해 전의 일이다. 나는 누구에게도 이 이야기를 한 적이 없다. 친구들은 내가 살아 돌아와서 기쁘다고 했다.

나는 몹시 슬펐지만, 친구들에게는 그저 피곤해서 그렇다고 말했다.

이제는 슬픔도 웬만큼 무뎌졌다. 정확히 말하자면 슬픔이 완전히 가신 것은 아니라는 뜻이다.

나는 어린 왕자가 자신의 별로 무사히 돌아갔다고 확신한다. 다음 날 해가 떴을 때, 그의 몸은 어디에서도 찾아볼 수 없었기 때문이다.

어린 왕자의 몸은 그다지 무겁지 않았으리라. 그래서 나는 밤마다 즐거운 마음으로 별들의 소리에 귀를 기울인다. 그것들은 5억 개의 작은 방울 소리를 낸다.

그런데 문득 어린 왕자에게 그려 준 양의 입마개에 가죽끈을 그리지 않은 게 떠올랐다. 끈이 없으면 양을 매 둘 방법이 없을 텐데…….

나는 궁금했다.

'어린 왕자의 별에서는 무슨 일이 벌어졌을까? 양이 꽃을 먹어 버렸을까?'

어떤 때는 이런 생각이 든다.

'그럴 리 없어. 어린 왕자가 밤이면 밤마다 꽃에게 유리 덮개를 씌워 주고, 양도 잘 돌보고 있을 거야.'

그러면 나는 행복해진다. 그리고 밤하늘의 모든 별이 내게 미소 짓는 것처럼 보인다.

하지만 또 어떤 때는 이런 생각이 들기도 한다.

'누구나 가끔 방심할 때가 있잖아. 그러면 큰일인데. 어느 날 밤 유리 덮개를 씌우는 걸 잊었는데, 양이 밤에 소리 없이 나오기라도 한다면…….'

그러면 작은 방울이 눈물방울로 변한다. 참으로 신기하다.

정말 수수께끼 같은 일이다. 어린 왕자를 사랑하는 여러분이나 나나 잘 알지 못하는 양 한 마리가 장미를 먹었을까 먹지 않았을까 상상하는 것에 따라 세상이 아주 달라 보이니 말이다.

하늘을 올려다보라. 양이 장미를 먹었을까? 먹지 않았을까? 대답에 따라 세상이 완전히 달라 보일 것이다.

양이 장미를 먹었다면 그럼 너는 모든 것이 어떻게 변할지 알 수 있을 거야. 어른들은 그것들이 얼마나 중요한 일인지 절대 알 수 없겠지.

이 그림은 나에게 세상에서 가장 아름다우면서도 슬픈 풍경이다. 어린 왕자가 이 세상에 왔다가 자신의 별로 돌아간 바로 그곳이기 때문이다.

이 그림을 자세히 봐 두었다가 언젠가 아프리카 사막을 여행하게 되면, 이와 똑같은 풍경을 꼭 알아볼 수 있기를 바란다. 그리고 혹시 그곳을 지나게 되거든 부디 발걸음을 멈추고 잠시 별빛 아래서 기다려 보라.

그때, 한 아이가 다가와 미소 지으면, 그 아이가 황금빛 머리카락을 흩날리고 있다면, 그리고 당신이 묻는 말에 대답하지 않는다면, 누구인지 짐작할 수 있으리라.

그러면 내게 친절을 베풀어 내가 마냥 슬퍼하고 있지 않도록 한 통의 편지를 보내 주길 부탁한다.

그가 다시 돌아왔노라고…….

어린 왕자와 관계를 맺는 순간
삶의 진정한 가치를 만난다

순수성을 허락하지 않는 세상에서 끊임없이 방황하고 고뇌했을 생텍쥐페리. 그는 동경하고 희망하는 삶을 '어린 왕자'라는 인물로 형상화했다. 소행성에서 지구까지 여행하면서 어린 왕자가 만나는 사람들 즉, 권력을 가진 왕, 허영쟁이, 술꾼, 장사꾼, 가로등 켜는 사람, 지리학자는 세상의 모순을 보여 준다. 그들이 가진 권력, 허망, 자기 학대, 물질 등은 세대를 불문하고 마치 삶의 진리인 듯 포장되어 자리한다.

여행의 종착점인 지구에는 특히 많은 모순이 존재한다. 생텍쥐페리는 이런 지구에 꿈과 희망을 전하고자 어린 왕자를 보낸 것이 아닐까?

'어른들은 아무리 생각해도 너무 이상해.'

어린 왕자가 말하는 지구의 어른들은 겉모습, 명예, 지식만을 추구한다. 어린 왕자가 보기에 그런 어른들은 매우 이상한 존재다. '부끄러운 어른'인 우리는 어린 왕자를 통해 그동안 잊고 지냈던 삶의 진정한 가치와 의미를 깨닫는다. 꿈과 희망, 만남과 인연, 마음과 영혼, 추억과 사랑이 바로 그것이다.

코끼리를 삼킨 보아뱀 그림을 모자로만 보는 어른들의 시선에는 순수성이 없다. 그래서 더욱 어린 왕자를 동경하고 그리워하는 것인지도 모른다. 문득 자신을 뒤돌아볼 때 어른들의 머릿속에는 복잡한 상념이 맴돈다.

'너무 멀리 오지 않았는가.'

'다시 돌아가고 싶다.'

'과연 돌아갈 수 있을까.'

'마음을 나눌 누군가가 있는가.'

어린 왕자를 만나라.

어린 왕자는 말한다. 늦지 않았다고. 길들여지라고 한다. 어린 왕자는 존재하며 언제 어디서나 곁에 있다고.

당신이 지구상에 사는 어른이라면, 또는 어른이 될 사람이어도 좋다. 잠시, 노을을 바라볼 여유를 갖자. 그리고 아무 의심 없이 어린 왕자에게 길들길 바란다. 그러면 세상에서 가장 순수한 영혼인 어린 왕자가 분명 값지고 귀한 선물을 전할 것이다.

1900년 6월 29일 프랑스 중부 도시인 리옹에서 귀족 출신인 장 드 생텍쥐페리 백작의 2남 3녀 중 차남으로 태어난다.

1904년 부친이 사망하고, 생모리스 드 레망에 있는 숙모의 성관과 몰에 있는 외할머니의 성관에서 생활한다.

1909년 온 가족이 함께 르망으로 이사하고, 생텍쥐페리는 예수회 가 운영하는 노틀담드생크루아학교에 입학한다.

1912년 앙베리외 비행장에서 조종사 베드린에게 이끌려 처음으로 비행기를 탄다. 그 경험을 바탕으로 시를 쓰기도 한다.

1914년 빌프랑슈 쉬르 손 시의 몽그레중학교에 입학하고 석 달 뒤, 스위스 프리부르의 마리아니스트 수도회에서 경영하는 중 학교로 전학을 간다. 1916년까지 기숙사생으로 지내면서 발자크, 보들레르, 도스토예프스키 등의 작품을 알게 된다.

1917년 학교 기숙사에서 함께 지내던 동생 프랑수아가 사망한다. 프랑수아의 사망은 《어린 왕자(Le Petit Prince)》의 비극과 관련한 모티프가 되었다. 이후 대학 입학 자격시험에 합격하고 해군 사관학교에 들어가기 위해 보쉬에고등학교와 생루이고등학교에서 공부한다.

1919년 해군사관학교의 필기시험은 합격했으나 구술시험에 실패하여 파리 미술학교 건축과에 입학한다. 과학 공부 외에 문학을 차츰 진지하게 받아들이면서 어머니의 사촌인 레스트랑주 부인의 도움으로 문단 사람들을 만나게 된다.

1921년 4월에 군에 입대한다. 스트라스부르그 제2비행여단에 배속되어 조종을 배우고 군용기 조종사 자격을 취득한다. 6월에 모로코의 리바트에서 민간비행사 시험에 합격하는 한편, 장 지로두와 장 콕토 등의 작품을 통해 문학에 대한 관심을 지속적으로 유지한다.

1922년 약혼녀와 가족의 반대로 공군 복무를 포기하고 예비역 소위로 제대한다.

1923년 파리의 회사에 회계사로 취직하면서 시와 소설을 습작한다. 트럭 회사의 외판원으로 직장을 옮긴 후 틈틈이 비행 연습을 한다. 그리고 루이즈 드 빌모렝과 약혼한다.

1924년 소레 자동차 회사에 입사하고, 세일즈맨으로 근무하면서 글쓰기에 전념한다.

1925년 파리에 들를 때마다 이모 집에 머물면서 앙드레 지드, 장 프레보와 친분을 맺는다.

1926년 장 프레보의 주선으로 잡지 《나비르 다르장(Le Navire d'Argent)》에 《남방 우편기(Courrier Sud)》의 초고에 해당하는 단편소설 〈비행사(L'Aviateur)〉를 발표한다. 그리고 약혼녀와 파혼한 뒤 항공사에 취직하며 본격적으로 조종사 일에 몰두한다. 11월에 라테코에르 항공사로 옮겨 툴루즈에서 근무한다.

1927년 툴루즈-카사블랑카 정기 노선의 조종사로 근무한다. 10월에 카프 쥐비 우편비행중계소의 책임자로 파견 근무를 하고, 《남방 우편기》를 집필한다.

1928년 프랑스로 귀국하고, 브레스트에서 고급 비행사 과정을 이수하고 면허를 취득한다.

1929년 《남방 우편기》를 발표한다. 아르헨티나 항공우편 회사의 개발과장으로 부임하면서 메르모즈, 기요메 등과 근무한다.

1930년 민간항공 부문에서 공로 훈장을 받는다. 그해 6월 가장 친한 동료인 기요메가 안데스 산맥 횡단 중 행방불명된다. 생텍쥐페리는 닷새 동안 기요메 수색에 나섰으나 실패하고 만다. 얼마 후 기요메가 자신의 힘으로 살아 돌아온다.

1931년 앙드레 지드의 서문이 실린《야간 비행(Vol de nuit)》이 출간된다. 4월에 꼰수엘르 순신과 결혼하고, 5월에 카사블랑카-포르 에티엔느 경유의 프랑스와 남아메리카 항로를 개척한다. 12월에《야간 비행》으로 페미나 상을 수상하여 여러 나라 언어로 번역 출간되고 영화로도 만들어진다.

1932년 라테코에르 항공회사에 재입사한다. 시험 비행사로 근무하던 중 생라파엘 만 부근에서 추락 사고를 당하고, 겨우 살아난다.

1933년 프랑스의 모든 항공회사를 통합한 '에어 프랑스'가 창립된다. 여기에 입사하려 했으나 실패한다.

1934년 '에어 프랑스'에 입사하여 홍보실에서 근무한다.《남방 우편기》가 영화화되고 자신이 직접 비행사로 출연한다.

1935년 《파리 수와르》의 특파원으로 모스크바에 파견된다. 12월에 파리-사이공 간 비행시간 신기록 달성을 위해 프레보와 함께 '시문기'에 탑승하여 공항을 출발했으나 리비아 사막에 불시착한다.

1936년 불시착 후 닷새 만에 베두인 대상에 의해 구출되어 알렉산드리아를 거쳐 귀국한다. 8월에《파리 수와르》의 특파원으

로 스페인 내란을 취재 보도한다. 그리고 《성채(Citadelle)》
를 집필하기 시작한다.

1937년   카사블랑카-톰북투 간의 비행을 담당한다. 6월에 다시 특
        파원으로 스페인 내란을 취재한다.

1938년   뉴욕에서 과테말라로 가는 비행기를 이륙하던 중 추락하
        여 중상 입는다. 《인간의 대지(Terre des hommes)》를 집필
        하고, 프랑스로 귀국한다.

1939년   파리로 돌아와 《인간의 대지》를 출간한다. 5월에 국민훈장
        받고, 6월에 《인간의 대지》로 아카데미프랑세즈의 소설대
        상을 수상한다. 이 소설은 곧 영화화되고 뉴욕에서 출간되
        어 '이달의 양서'로 선정되며 베스트셀러가 된다. 9월에 제
        2차 세계대전의 발발로 대위로 소집되어 툴루즈 몽트랑의
        기술교육단에서 근무하고, 신체검사 불합격에도 불구하고
        비행사 근무를 청원하여 33비행정찰대에 배속된다.

1940년   5월까지 각종 작전에 참여한다. 6월 독불 휴전으로 징집해
        제와 함께 마르세유로 돌아온다. 《성채》의 집필을 계속한다.

1941년   뉴욕으로 건너가 33비행정찰대 경험을 바탕으로 《전투 조
        종사(Pilote de guerre)》를 집필한다.

1942년 《전투 조종사》를 영역(英譯)하여 《아라스로의 비행》이라는
제목으로 미국에서 출간했고, 이후 베스트셀러가 된다. 프
랑스에서도 출간되었지만 독일 점령 당시 당국에 의해 발
매 금지 처분을 받는다. 11월에 연합군이 북아프리카에 상
륙하고, '셍텍스'라는 이름으로 프랑스 국민의 단결을 호소
하기 위한 방송이 시작된다.

1943년 2월에 《어느 볼모에게 보내는 편지》, 4월에 《어린 왕자》를
출간한다. 같은 해에 우즈다에서 재편성된 미군 지휘하의
제2의 33비행정찰대에 편입되고, 6월에 소령으로 진급한
다. 론 강 상공 비행정찰 후 착륙 도중 실패한 이유로 대기
명령을 받아 중형 폭격기 중대에 배속된다. 알제로 돌아가
친구 집에 머물며 상사에게 33비행정찰대에 복귀를 청원
하고, 편대장으로 5회의 출격 승낙을 얻어 낸다. 《성채》의
집필을 계속한다.

1944년 33비행정찰대가 코르시카의 보르고로 이동한다. 이미 5회
의 출격을 초과하여 8회 출격 후 마지막으로 한 번 더 출
격하기로 한 7월 31일 오전 8시 반, 여섯 시간 분의 연료를
채우고 그르노블과 안느시 간의 항로로 정찰비행에 출격
한다. 목격자들의 증언에 따르면 귀로에 코르시카 수도에
서 100킬로미터 떨어진 곳에서 독일 전투기에 의해 격추
되어 전사하였다고 한다.

옮긴이 **베스트트랜스**

세계 여러 곳에 숨겨진 작품을 발굴·기획하고 번역하는 사람들의 모임으로 기존의 번역가가 번역한 작품을 편집자가 편집하는 방식에서 탈피하여 번역가와 편집자가 한 팀을 이뤄 양질의 책을 만드는 데 온 힘을 쏟고 있다. 번역한 책으로는 더클래식 세계문학컬렉션 《노인과 바다》《동물 농장》《사람은 무엇으로 사는가》《이방인》《그리스인 조르바》《도리언 그레이의 초상》《벨 아미》《안나 카레니나》 등이 있다.

큰글씨 어린 왕자

초판 1쇄 펴낸 날 2018년 1월 30일

지은이   앙투안 드 생텍쥐페리
옮긴이   베스트트랜스
펴낸이   장영재
펴낸곳   (주)미르북컴퍼니
자회사   더클래식
전 화   02)3141-4421
팩 스   02)3141-4428
등 록   2012년 3월 16일 (제313-2012-81호)
주 소   서울시 마포구 성미산로32길 12, 2층 (우 03983)
E-mail   sanhonjinju@naver.com
카 페   cafe.naver.com/mirbookcompany